감응도시

영화로 도시 읽기

감응도시

1판 1쇄 인쇄 2025년 12월 20일
1판 1쇄 발행 2025년 12월 26일

지은이 | 신진숙

발행처 | 해토
발행인 | 고찬규

신고번호 | 제2009-000194호
신고일자 | 2003년 4월 16일

주소 | (04029) 서울특별시 마포구 양화로 7길 84 영화빌딩 4층
전화 | 02-325-5676
팩스 | 02-333-5980

값은 표지에 있습니다.
ISBN 979-11-94110-12-5 (03800)

감응도시
영화로 도시 읽기

신진숙

차례

보이지 않는 도시, 읽기

우리는 도시를 어떻게 만나는가. 지하철 소리, 밤늦은 편의점의 형광등 불빛, 낯선 거리, 무인(無人) 사진관과 카페, 휘황한 간판들, 거대한 3D 옥외 광고 스크린, 광장을 휘감은 집합적 열기, 꽉 막힌 도로들, 높이 솟아있는 아파트 외벽. 도시의 이러저러한 일상 풍경 속에서 우리는 분명 무언가를 느낀다. 하지만 느낌을 말로 온전히 설명하기는 어렵다. 의식하기 전에 기억이 찾아올 수도 있다. 기억보다 먼저 몸이 반응할 수도 있다. 느낌은 누군가의 몸에 체화돼 있어 보이지 않는 변화의 과정이다. 지식이나 정보에 앞서 우리가 도시를 만나는 첫 번째 형식은 바로 이것, 보이지 않는 느낌이다. 그리고 그 원천은 몸이다.[1]

그러나 도시의 공적 영역에서 생생한 몸의 감각들은 자주 무시된다. 도시 담론은 마치 아파트값의 등락이나 특정 지역(강남)의 부동산 지표를 도시 정책의 전부인 것처럼 호도하곤 한다. 어느새 집은 사는 곳이 아니라 사는 것이 된다. 교환가치로 환산되지 않는 마주침과 기억들은 무가치한 것으로 치부된다. 이 책은 보이지 않는 이 안쪽 풍경들을 보려 한다.

앙리 르페브르는 도시의 전체성을 파악하는 것이 어렵다고 말한다.[2] 전체성이라는 개념 안에는 가시적인 구조물뿐만 아니라 이처럼 보이지 않는 도시의 내밀한 풍경까지도 깊숙이 내포되어 있다. 도시란 도시계획과 다르다. 눈에 보이는 건물과 정비된 도로가 도시의 전부도 아니다. 도시는 단순히 이념적 표상도, 물리적 환경도 아니다. 거주자가 일상 공간에서 몸을 바탕으로 이루어내는 다양한 사회관계와 감응들이 존재하지 않는다면 도시는 그저 피상적이고 파편적일 뿐이다.

도시의 내부는 누군가의 몸을 기반으로 형성된 경험과 감정, 느낌과 정동(情動, affects)들이 얽혀 있다. 더 정확하게는, 몸과 몸 사이에 재현할 수 없는 변화와 작용이 일어난다. 사물과 환경, 인간이 서로의 몸을 마주치고 접촉하면서 만들어내는 언어 이전의 감응 과정이 도시를 구성하는 원형질이다.

이 책은 도시의 전체성을 읽기 위하여 감응(感應) 도시를 제안한다. 감응 도시란 도시사회를 구성하는 안쪽 풍경 혹은 내(內) 도시를 감응의 지형학으로 바라보기 위한 하나의 관점이다. 감응이란 파동 같기도, 떨림 같기도 한 무엇이다. 몸과 몸의 마주침 속에서 일어나는 즉각적인 신체적 반응들이 이른바 정동이라면, 감응은 서로 다른 정동과 정동들의 얽힘 속에서 만들어지는 관계성을 가리킨다.[3] 보이지 않는, 몸과 마음의 파동이 부딪히고(충돌), 되돌아오고(반향), 사람과 사물, 그리고 환경을 감싸면서(공명), 도시는 거대한 느낌의 공간, 감응-장(場)을 형성한다. 하지만 감응-장은 단일하지 않다. 차이를 내포한다. 끊임없이 변화하는 감응들의 마주침 속에서 모든 것이 서로 뒤섞여 서로에게로 흘러넘친다. 시공간적으로 얽힌 도시의 리듬 속에서 우리가 살아낸, 그러므로 느껴진 도시, 감응 도시다.[4]

코로나 팬데믹 시기, 대도시의 풍경이 기억난다. 어느 날 갑자기, 그동안 아무렇지 않았던 접촉이 공포와 염려로 변해 도시를 휘감았다. 시신이 길거리에 방치된 어느 도시의 디스토피아적 풍경이 미디어를 통해 전파되자, 타인과의 접촉은 더욱더 최대한 피해야 할 일이 됐고, 지나가는 사람의 기침에도 신경이 날카로워졌다. 마스크를 쓰는 것이 새로운 예의가 됐다. 판단보다 앞서 몸의 감각을 통해 확산하는 위험의 느낌이 객관적인 사회 현실로 받아들여진 것은 그리 오랜 시간이 걸리지 않았다. 그러다가 어느 순간 이 모든 접촉의 공포가 언제 그랬느냐는 듯 희미해져 갔다. 즉각적이고 직접적인 감응이 도시라는 풍경의 질(質)을 바꿔놓았다.

이처럼 도시의 풍경은 물질적이면서 비물질적인 분위기로 형성된다. 분위기는 몸으로 느끼는 도시의 결이다. 장소의 결이 집합적으로 형성되면 도시를 에워싸는 도시의 보이지 않는 조건, 기후가 된다. 여기서는 이를 내(內)풍경이라고 부르려 한다. 외부 풍경과 연결된 감응된 안쪽, 수많은 몸이 마주치면서 만들어지는 보이지 않는 풍경을 논하기 위해서다.

내풍경을 읽는다는 것은 함께 거주함의 의미를 회복하려는 시도다. 도시는 낯선 타자들이 서로의 리듬을 섞으며 공통 세계를 만들어가는 역동적인 마주침의 장이다. 자본이 구획해 놓은 경계를 넘어, 우리의 마주침이 서로에게 스며들 때 도시는 비로소 하나의 공동 작품이 된다.

감응 도시는 공간을 고정된 실체가 아닌 사회적 관계들의 역동적인 얽힘으로 파악하는 관계론적 지리학의 시선과 맞닿아 있다. 공간은 비어 있는 그릇이 아니며, 그 안에서 살아가는 주체들의 상호작용과 정동의 흐름에 의해 매 순간 새롭게 생성되는 과정이라 할 수 있다. 최근 정동과 감응에 관한 학문적 논의는 감정 지리학에서 정동 지리학, 나아가 정동 자본주의에 이르기까지 폭넓게 확장해 왔다.

맹점도 드러난다. 스티브 파일이 날카롭게 지적했듯, 기존의 논의들은 종종 정동을 설명 불가능한 우월한 층위로, 감정을 고정된 하위 범주로 나누는 이분법적 도식에 갇히곤 했다. 더 큰 문제는 이러한 태도가 일종의 신화화 경향을 띤다는 점이다. 연구자들은 정동의 유동성을 강조하기 위해 역설적으로 정동의 개념을 특정 이론의 틀 안에 엄격하게 고정하는 우를 범하기도 했다.[5] 만약 우리가 정동을 현실과 유리된 철학적 개념으로만 다루거나, 관리 가능한 공학적 대상으로만 접근한다면, 도시라는 구체적인 현장에서 꿈틀대는 생생한 감응의 잠재성을 놓치게 된다.

도시 어딘가에서는 끊임없이 지배적인 리듬에서 비껴가는 새로운 감응들이 출현한다. 만일 우리가 감응으로 출렁이는 내풍경에 주의를 기울인다면, 아직 예감으로만 존재하는 새로운 주체의 탄생도 미리 보게 될 가능성도 있다. 감응 현장에서 우리는 기존성과 미래성, 현실적인 것과 잠재적인 것, 존재와 부재, 이 모든 것들이 얽혀 만들어지는 상황을 접한다. 생각하기-느끼기가 동시적으로 일어난다.

감응 도시는 이처럼 관계론적 사유와 정동 이론을 교차시키며 도시를 본다. 도시의 풍경 아래 작동하는 에너지의 흐름에 접속한다. 보이지 않지만 명백하게 존재하는 힘이 어떻게 도시 공간을 조직하고, 우리의 신체를 조율하며, 때로 저항의 가능성을 열어젖히는지 탐구한다.

하지만 여전히 감응 도시를 연구하는 일은 쉽지 않다. 도시의 표면 아래 감추어진, 의식하기 전에 일어나고, 재현되기 전에 전이되는 몸과 몸 사이의 감응들을 탐구할 명확한 방법은 없다. 이러한 문제의식에서 영화에 주목한다. 영화는 삶의 기존성을 뛰어넘어 잠재적인 것, 미래의 것을 현재화함으로써 새로운 감정 구조를 형성한다. 한 시대의 감정을 구조화하는 동시에 기존 세계를 비틀고 이질적인 감응들의 틈입을 허락한다. 나와 타자 사이에, 몸과 몸 사이에 현실과 닮았으면서도 차이를 지닌 새로운 공통 세계를 만든다.

알렉사 바이크 폰 모스너가 지적하듯, 서사를 읽거나 보는 행위는 고도로 체화된 활동이다.[6] 소설과 영화는 각기 다른 경로를 통해 독자와 관객의 몸을 매개로 세계를 시뮬레이션한다.[7] 서사에 참여하는 동안 우리의 몸은 이야기 세계를 받아들이는 공명 상자가 된다. 스크린과 몸 사이에 감응 장이 형성된다. 따라서 영화 속 도시는 단순히 물리적 공간이나 실재 도시와는 구분된다. 그것은 몸의 인지 작용과 함께 다시 느껴진 도시이기 때문이다.

도시 서사는 도시를 단순히 배경으로 처리하지 않는다. 비록 허구의 형식을 띠더라도, 그 안에는 우리가 매일 겪는 삶의 경험들이 생생하게 연결되어 있다. 욕망과 좌절, 공포와 희망 등 다양한 정동의 흐름을 따라간다. 예컨대 《기생충》의 반지하에서 박사장의 저택으로, 《콘크리트 유토피아》의 폐허에서 폐허로 나아가면서, 신자유주의 체제 이후의 세계, 불안정성 사회의 감응을 기록한다. 그럴 때, 작품의 생동감은 도시를 얼마나 사실적으로 묘사했느냐(재현)는 것보다, 어떤 감응을 느껴지게 했는가(수행)의 문제로 인식될 수 있다.

이는 안나 깁스가 말한 감응적 글쓰기와도 공명한다.[8] 깁스는 정동에 관해서가 아니라 오히려 정동과 함께 글쓰는 방식을 논한다. 그런데 깁스가 말한 글쓰기를 도시에 적용하기 위해서는 단순히 언어로 쓰는 것을 넘어 더 보편적인 쓰기의 의미로 확대할 필요가 있다. 모든 존재는 그 나름으로 쓴다. 도시는 수많은 존재자의 쓰기로 얼룩져 있다. 불빛이 켜지고 꺼지고, 바람이 불고 눈이 내리고, 플래카드가 붙고 떼어지고, 소란스럽고 고요하고, 사람들이 모이고 흩어지고, 어떤 생각이 강렬해지고 약해지고, 집합적인 느낌이 도시를 휩쓸고 흘러넘친다. 몸과 몸 사이의 떨림은 도시의 외관뿐 아니라 우리의 몸에 새겨지고, 마음에도 기록된다. 도시에 거주하는 모든 것의 흔적이 도시의 쓰기, 도시의 에크리튀르(écriture)다.[9] 그러므로 우리 모두 도시의 쓰기에 언제나-이미 참여하고 있다. 도시를 단순한 고정된 객체로 바라볼 수는 없다. 도시를 읽으면서 우리는 도시의 쓰기 안으로 들어간다. 도시의 느낌을 채록하고 기억하고 마침내 다시 쓴다.

《버블 패밀리》,《집의 시간들》 같은 작품들이 그 구체적인 실천이다. 자본의 논리가 도시의 망각을 향할 때, 다큐멘터리는 그곳에 머물렀던 삶의 무늬를 다시 쓴다. 도시의 풍경에서 건져 올린 것은 단순한 과거의 회상이 아니라, 하나의 도시에서 함께 호흡했던 존재들의 생생한 정동이다.

영화를 읽는다는 것은 일방적인 감상에 그치지 않는다. 영화의 서사를 머리로 이해하고, 분석하기만 하는 것이 전부가 아니다. 서사에 참여한다. 봄과 보임, 관객의 몸과 스크린, 그 접촉면에서 내풍경을 형성한다. 영화의 서사와 우리의 몸이 서로를 잡아당기고 뒤틀면서 이제까지 없던 사이 공간을 만든다. 따라서 영화-읽기는 그것에 참여하는 모두의 공동 작업이라 할 만하다.

감응도시

책은 세 부분으로 나뉜다. 제1부 「감응 도시」는 도시를 감응의 관점에서 이해하기 위한 이론적 토대를 세운다. 도시를 완결된 공간구조가 아니라, 몸과 사물, 환경 사이에서 얽힌 수많은 감응들의 조합(앙상블)으로 설명한다. 1장 〈얽힘〉은 나와 타자가 얽혀 만들어지는 관계성의 장을, 2장 〈물듦〉은 이러한 얽힘 속에서 도시가 어떤 뉘앙스로 물들어 가는지를, 3장 〈넘침〉은 도시 안팎으로 흘러넘친 감응들이 집합적인 도시의 리듬을 만드는 과정을 사유한다.

제2부 「불안정성 사회의 감응」에서는 불안의 감각에 에워싸인 불안정성의 시대에 도시사회가 어떤 감정 구조를 형성하는지 영화 속 장면들을 통해 살펴본다. 《기생충》에서 마주침을 상실한 사회의 비극을, 《콘크리트 유토피아》에서 포함과 불안의 풍경을 탐색한다.

제3부 「감응의 기록」은 도시의 감응이 어떻게 기록되는가를 살펴본다. 다큐멘터리 영화 두 작품 《버블 패밀리》, 《집의 시간들》을 중심으로 도시개발의 이면에서 그려지는 시대 감정과 얽힌 내풍경을 들여다본다.

거대한 도시의 중심과 주변부에서 끊임없이 감응과 균열이 반복된다. 영화는 때로 도시의 사건이자 때로는 도시의 미래다. 아직 도래하지 않은 삶을 상상하는 작은 틈새다.

I. 감응도시

도시는 수많은 관계의 얽힘으로 숨 쉬고 있다.
서로 다른 감응들이 겹치고 어긋나며 도시를 물들인다.
하나의 주체와 대상으로 환원할 수 없는
보이지 않는 감응-장에서 차이의 내풍경이 그려진다.

1. 얽힘

몸, 사물, 환경

의미 이전의 감응

도시의 표정은 단일하지 않다. 같은 장소라 해도 걷는 이의 마음, 그날의 공기, 빛의 각도에 따라 결이 달라진다. 도시는 멈춰 있는 배경이 아니라, 몸과 몸 사이, 사람과 사물, 그리고 환경이 마주치며 끊임없이 만들어지는 살아 있는 관계의 장이다. 인간의 일방적인 투사(投射)와 재현으로 이루어진 공간이 아니다. 보이는 것과 보이지 않는 것의 얽힘 속에서 독특한 도시의 풍경과 분위기가 형성된다. 그리고 그 위로, 하나의 시대를 순환하며 우리의 삶을 조율하는 감정 구조가 흐른다. 무수한 느낌들이 결합해 공간은 저마다의 고유한 뉘앙스를 빚어낸다.

도시의 느낌은 논리적 언어보다 먼저, 이성적 판단이 개입하기 전, 의미화 이전에 발생한다. 우울, 환희, 박탈감, 고립, 공포, 기쁨, 쾌락… 도시라는 세계를 휘도는 배후 감정에서부터 개인과 집단 사이 강렬한 몰입의 순간까지, 서로 다른 마음의 파동들이 뒤섞이며 도시의 삶을 이룬다.

출근길 만원 지하철의 숨 막히는 공기, 타인의 무표정한 얼굴, 뜨거운 여름 거리의 열기, 광장의 외침, 스쳐 지나간 누군가의 잔향. 시시각각 도시 곳곳에서 몸과 몸이 부딪히며, 보이지 않

　　　　　　　　　　　　　　　　　　감응도시

는 크고 작은 사건들이 도시를 통과하듯 명멸한다. 우리는 날마다 도시의 기후 안으로 걸어 들어간다. 도시의 특정하거나 모호한 공기와 마주치며 감응이 일어나고, 집합적으로 떠돌며 도시 전체를 물들인다. 이것이 우리가 세계와 만나는 가장 일반적인 형식이지만, 역설적으로 가장 덜 주목하는 지점이기도 하다.

감각은 종종 나 혼자만의 느낌을 넘어선다. 새로움이 익숙한 것을 끊임없이 대체해 가는 도시를 떠올려 보자. 새로움의 추구는 언제든 기존의 것들을 낡음과 쇠퇴로 단번에 전환하는 마법을 부린다. 헌 집들이 새집으로 교체되는 동안, 우리는 끊임없이 새로 쓰이는 도시의 풍경을 목격하고 학습한다. 발전과 진보라는 이름으로 포장된, 무궁할 것 같은 변화 속에서 공허함과 덧없음, 장소 상실과 부유하는 감정들이 우리 도시의 지배적인 분위기로 굳어져 왔다. 그러면서 사물이든 장소든, 오래된 것들에 깃들어 있던 마음의 애착들은 무참히 제거되거나 무시되곤 했다. 모든 것이 피상적으로 다가와 스쳐 지나간다. 무심한 스침은 어느새 당연한 일상이 되었고, 얄팍하고 획일적인 감정들이 도시 전역으로 퍼져 나갔다.

그러나 모든 느낌이 흔적 없이 사라질 수는 없다. 잔여적인 것은 항상 존재하며, 어딘가에 반드시 자국을 남긴다. 소멸한 줄 알았던 애착의 감각은 도시적 노스텔지어로 변환되어 떠돈다. 끝없이 새로 쓰이는 도시의 에크리튀르 사이, 해석되지 못한 채 부유하는 기분들이 있다. 그러다 어느 날, 계기도 없이 전혀 무관해 보이는 다른 곳에서 혐오와 분노의 감정으로 분출되기도 한다. 사람들을 충격에 빠뜨리는 혐오의 언어들은, 실은 아주 오랜 시간 도시에 축적된 억눌린 정동들의 결과일지 모른다.

하지만 도시에서 일어나는 감응의 스펙트럼을 온전히 헤아리기란 어렵다. 모호하다. 그것이 분석 가능한 객관적인 언어로 포착되기까지는 시간이 걸리기 때문이다. 분명한 것은 사람과 사물, 환경 사이에서 날마다 어떤 정동적 색조로 물든 시공(時空)이 생성과 소멸을 반복하며 도시의 분위기를 형성한다는 점이다. 우리 도시의 보이지 않는 느낌의 구조는 거대한 사회적 불안에서부터 미시적인 몸의 생기까지 다양하다. 어떤 것은 이름이 붙고, 어떤 것은 끝내 명명되지 못한 채 다른 감정들과 뒤섞인다. 정동들과 감정들의 혼종 상태가 지금 우리 도시의 원형질이자 삶의 원천이다.

오랫동안 이러한 보이지 않는 감각들은 삶이 배태한 부수적 현상이나 막후의 에피소드 정도로 취급되었다. 그러나 문화 전반에서 일어난 정동으로의 전환 이후,[10] 느낌의 영역은 새로운 위상을 부여받기 시작했다. 도시는 더 이상 단순한 물리적 공간이 아니다. 삶과 생명이라는 사건이 끊임없이 발생하는 하나의 세계다. 우리가 도시에서 느끼는 미시적인 작은 떨림들은, 그 자체로 우리가 공간 속에서 다른 몸들과 관계 맺고 얽히며 함께 거주하고 있음을 증명한다.

그렇다면 감정의 구조와 느낌, 몸과 몸 사이의 변화들은 어떻

 감응도시

게 구분되고 맞물리는가. 일반적으로 정동 이론은 주관적 감정과 정동 상태를 구분한다. 감정은 언어와 의미의 그물망에 포획된 상태, 이를테면 희로애락과 같이 사회적으로 규정된 주관적인 마음의 형식이다. 그것은 나의 것으로 소유될 수 있다. 반면, 감응 혹은 정동은 의미로 포획되기 전, 언어가 되기 전 우리 몸의 근육과 신경계에서 일어나는 즉각적이고 직접적인 에너지, 힘의 세기를 가리킨다. 감정이 주체의 소유라면, 감응은 주체가 되기 이전 몸과 몸 사이에 형성되는 강도(剛度)적 현실이다. 개체를 통과해, 개체들 사이에 형성되는 초개인적인 느낌들이다.[11] 정동들이 결합하고 통과하고 이동하면서 도시의 집합적 분위기를 형성한다.

이러한 도시적 삶의 강도들은 도시기획이나 재현의 언어로 환원될 수 없다. 도시는 보이지 않는 배후의 기분들과 마음의 파동들이 뒤섞인 복잡계다. 물질적이면서 비물질적이고, 서사적이면서도 서사 바깥에 존재한다. 머리로 이해한 도시와 몸으로 느낀 도시는 같을 수도, 빗겨날 수도 있다.

그러므로 도시의 풍경을 읽는다는 것은, 도시의 보이는 풍경 아래로 흐르는 보이지 않는 강도들, 흐름들, 잠재적인 날 것의 쓰기인 내풍경을 다시 느끼는 일이다.

몸이라는 공명 상자

우리 몸은 단순히 자아를 담아내는 그릇이 아니다. 브라이언 마수미가 적절하게 표현했듯, 몸은 세계를 향해 열려 있는 공명 상자(resonating chamber)다.

정동이 어떻게 작동하는지 알기 위해서는 우선 우리 모두가 절박-내재성의 장 안에 옥죄어져 있다는 사실로부터 시작해야 할 것입니다. 우리의 몸과 생명은 미디어-운반 진동을 위한 일종의 공명 상자라고 봐도 무방합니다. 그것은 우리에게 충격을 가하면서 우리를 통과해 지나다니고, 우리에게 충격을 가함과 동시에 우리를 넘어서 충격을 줍니다. 이것이 바로 우리가 스스로를 정위할 수 있기 전에, 한 걸음 물러나서 경험을 합리적으로 생각하려고 시도하기 전에 일어나는 모든 것입니다. 경험을 향해 사려 깊은 자세를 취할 수 있기 전에, 우리는 매우 직접적으로, 몸으로, 경험에 긴장하고, 경험에 유도됩니다.[12]

정동은 몸과 몸 사이의 공명 상자를 통과하는 힘들의 움직임이다. 에너지의 장 안으로 들어선 우리에게 힘들은 스며들고, 동시에 통과해 지나간다. 관계 속에서 발현하는 감응들은 우리를 넘어 다른 곳으로 이행(移行)해 간다. 감응은 그야말로 우리가 스스로 정위하기 전에, 경험을 합리적으로 사유하기 전에 일어나는 모든 것이다. 이러한 강도적 사건들은 너무 빠르게 일어나기에 판단의 영역에 머물지 않는다. 마수미에 따르면 이것은 "완전히 직접적인 지각의 수준"이며, 우리는 그 속에서 비-실체적이면서 비-감각적인 방식으로 느낀다. 마수미는 이러한 몸의 즉각적이고 직접적인 관계성을 즉접성(immediation)이라 부르며, 감응의 과정을 일어날 수도 있는 것을 포함해, 지금 일어나고 있는 일에 대한 일종의 생각하기-느끼기(thinking-feeling)로 해석한다.[13] 결국 감응이란 몸의 응답인 동시에 사유다.

다른 나라를 여행할 때 잠시 길을 잃는 상황을 상상해 보자. 우리는 지도로 길을 찾아 중지된 여행을 이어갈 것이다. 하지만 이성적 판단 이전에 낯선 풍경 속에서 우리가 먼저 느끼는 것은 몸의 긴장이다. 두려움이라고 인식하기 전에, 이미 낯선 세계가 우리 몸을 통과하며 즉각적이고 직접적인 반응을 불러일으킨다. 몸은 현재 상황에 대한 사유와 미지의 것에 대한 느끼기를 동시적으로 수행한다. 주체의 명령 없이 도시 환경과 직접 접속하며, 이미 여러 잠재적 가능성을 생각하고-느끼는 것이다.

전통적인 주체 관념에서라면 내가 도시를 인식한다는 표현이 적합할 것이다. 주체인 내가 도시라는 객체를 관찰하고 해석하는 자리를 차지하기 때문이다. 그러나 정동의 영역에 들어서면 이 구도는 흔들린다. 도시의 사건들이 나라는 주체의 의식 이전에 감응하기 때문이다. 나는 몸으로 만들어진 하나의 풍경을 이룬다. 공간의 에너지가 몸의 살갗 아래, 근육들 속으로 들어와 굴절되고, 증폭되며 어딘가로 통과해간다.

따라서 도시에서의 얽힘은 더 이상 주체와 객체의 만남이 아니다. 오히려 도시라는 거대한 에너지의 장 안에서, 또 하나의 작은 장인 우리의 몸이 타자들과 얽혀 마주치며 일으키는 감응 과정으로 보아야 한다. 몸과 도시는 분리될 수 없다. 우리는 도시의 내적 흐름에 따라 순간순간 다르게, 끊임없이 조율되고 (attune) 있다.

잠재적인 것을 예감하는 감응

그레고리 J. 시그워스와 멜리사 그레그는 정동에 관하여 「미명의 목록」이라는 글에서 다음과 같이 논한다.

정동은 사이(in-between-ness)의 한가운데서, 즉 행위하는 능력과 행위를 받는 능력의 한가운데서 발생한다. 정동은 순간적인, 그러나 때로는 좀 더 지속적인 관계의 충돌이나 분출일 뿐 아니라, 힘들과 강도들의 이행 혹은 이행의 지속이다. 즉 정동은 몸(인간과 비인간, 부분-신체, 그리고 다른 것들)을 지나는 강도들에서 발견되며, 울림에서 발견된다. 그리고 바로 이러한 강도와 울림 들 사이의 이행과 변이 들 그 자체에서 발견된다. 가장 의인화된 방식으로 말하자면 정동은 의식화된 앎은 아래나 옆에 있거나, 또는 아예 그것과는 전반적으로 다른 내장의(visceral) 힘들, 즉 정서(emotion) 너머에 있기를 고집하는 생명력(vital force)에 우리가 부여하는 이름이다. 이 힘들은 우리를 운동으로, 사유와 확장으로 이끌어가면서 (마치 중립인 것처럼) 거의 인지하지 못하는 사이에 쌓이는 힘-관계들 사이에 우리를 잡아 두거나, 심지어 명백히 다루기 힘겨운 이 세계에 압도당한 상태로 우리를 내버려두기도 한다. 실로 정동은 몸이란 것이 [체계의] 초대인 만큼이나 거부이기도 한, 세계의 완고함과 리듬들 속에 그리고 그 틈에 몸에 계속 침잠해 있음을 보여주는 끈질긴 증거이다.[14)]

여기서 정동은 몸들 "사이의 한가운데서" 발생하는 힘으로 설명된다. 행위 하는 능력과 행위를 받는 능력의 교차점, 몸을 가로지르며 지나가는 강도들의 이행과 변이 속에서 정동이 발생한다. 의식적인 판단의 아래 혹은 옆에서 작동하는 내장적 힘이자 감정 바깥에 남아 있으려는 생명력이다. 이 힘이 우리를 운동과 사유, 확장으로 이끌기도 하고, 때로는 세계의 완고함과 리듬 속에 우리를 압도된 채로 내버려두기도 한다.

이때의 몸이란 사람의 신체만을 의미하지 않는다. 사물 또한 사람과 마찬가지로 정동의 정박지다. 흐릿하고 아직 이름이 없는 사물들의 얽힘이 만드는 특유의 느낌들이 있다. 낡은 인형, 특정 브랜드의 로고, 기념물 등은 그 자체로 사랑, 욕망, 애국심 같은 정동을 저장한 장소들이다. 도시란 이러한 사물들이 인간과 더불어 결합해 있는 거대한 앙상블(ensemble)이다. 도시 일상에서 정동적 삶은 언제나 이미 사물들에 의해 매개되어 있다. 사물로부터 어떤 분위기가 발산된다. 우리 몸이 열린 공명 상자라면,

사물 역시 더 이상 닫힌 객체가 아니다. 사물의 톤, 냄새, 빛깔은 공간을 채우며 우리의 감각에 스며든다. 침묵하는 듯 보이지만, 사물 또한 하나의 정동적 질(quality)을 품고 있다. 벤치, 가로등, 아스팔트는 단순히 그 자리에 있는 배경이 아니다. 우리 몸과 접촉하면서 언제든 어떤 사건을 일으킬 수 있는 잠재성을 품고 있다. 우리의 몸과 더불어 사물들 역시 되기(becoming)의 과정에 함께 놓여 있는 것이다.

사물은 단지 객체로서의 대상이 아니다. 공간 안의 몸들과 얽혀 분위기를 조직하는 데 기여한다. 아파트 재건축으로 철거를 앞둔 녹슨 놀이터를 그려 보자. 겉으로 보면 그것은 낡은 철제 시설물에 불과할지 모른다. 그러나 누군가에는 아이들의 사라진 웃음소리와 재건축을 앞둔 불안한 침묵이 겹쳐 보인다. 또 그곳을 기억하는 사람이 아닐지라도 특정 장소 상실의 경험이 이곳에서 특유의 멜랑콜리를 불러올 수도 있다. 재건축 과정에서 둔촌주공 사람들이 도시 기록을 통해 붙잡으려 했던 것도 이와 무관하지 않을 것이다.

같은 맥락에서, 도시 환경 역시 단순한 배경이 아니다. 출근길 인파 속을 걸을 때, 그것은 주체의 완전한 의지로만 이루어지지 않는다. 보도블록의 질감, 신호등의 리듬, 앞사람의 속도, 손에 쥔 스마트폰의 진동이 합쳐져 만들어낸 공동 작업에 가깝다. 어떤 장소에서 느끼는 막연한 설렘이나 설명되지 않는 위압감 역시 도시 환경과 우리 몸의 역량이 결합한 결과다. 환경에서 무언가 새어 나와 날마다 우리 몸을 통과해 흐른다. 도시의 모든 것들이 공모해 특정한 분위기를 생산한다. 우리는 언제나-이미 타자와 얽혀 살아간다.

또한 도시의 표면을 뒤덮은 이미지-기호들 속에서 우리 몸은 끊임없이 반응한다. 우리가 살아가고 있는 대부분의 도시는 자본주의적 쓰기에 사로잡혀 있지 않은가. 거리를 뒤덮은 간판들, 기호들, 대형 광고판… 도시는 거대한 표상의 숲과 같다. 어디서든 쉽게 발견할 수 있는 광고 문구들이 우리의 욕망을 상품과 매개한다. 도시의 쓰기는 욕망을 자극하고 보행자의 시선을 낚아채며, 특정한 방식으로 느끼도록 우리를 유도한다.

그러므로 도시를 걷는다는 것은 물리적 이동에 한정되지 않는다. 도시가 쉴 새 없이 쏘아 올리는 표상의 파편들 사이를 가로지르는 행위다. 그것은 마치 도시가 만들어내는 환상과 욕망의 스크린 위를 걷는 일과 같다. 몸은 도시의 재현에 매개되어 있으면서 동시에 다른 무엇으로 매개하는 통로가 된다.

도시적 삶은 사람과 사물, 환경이 감응하며 끊임없이 관계 맺는 과정이다. 관계 맺기는 어느 한쪽이 다른 한쪽을 결정하는 식으로, 일방적이지도 수동적이지도 않다. 수많은 몸의 상호 얽혀듦 속에서 매 순간 만들어지는 정동적 장소들의 집합이다, 도시는.

감응의 소용돌이

정동적 등록

정동 이론의 눈으로 본 도시는 수많은 이질적인 감응들의 조합 속에서 꿈틀대는 생명체와 같다. 나이절 스리프트가 도시를 "정동으로 들끓는 거대한 소용돌이" 공간이라고 부른 이유가 여기에 있다.[15] 도시는 콘크리트로만 이루어진 건조 환경이 아니다. 멈춰 있는 정적인 무대는 더더욱 아니다. 그곳은 분노, 공포, 행복, 환희 같은 특정한 정동들이 끊임없이 끓어오르고, 이곳에서 솟아오르고 저곳에서 가라앉는 격동적인 에너지장이다. 감응은 한 장소에서만 일어나지 않는다. 여러 층위에서, 서로 다른 속도로, 동시에 폭발하고 소멸한다.

정동의 풍경은 다양하다. 때로는 영웅적이다.[16] 월드컵 거리 응원이나 광장을 가득 메운 시위 현장의 함성처럼, 집합적 몸들이 한순간 공명하며 뿜어내는 웅변적인 힘이 있다. 그러나 다른 하나, 더 자주 그리고 더 집요하게 도시를 물들이는 것은 산문적인 풍경이다. 그것은 일상의 틈새에서 새어 나오는 미세한 느낌들이다. 숨 막히는 출근길 지하철의 공기, 칸막이로 나뉜 사무실의 건조한 공기처럼 반복적이고 소리 없는 흐름이다. 도시는 거대한 외침과 소소한 중얼거림이 뒤섞인 복합적 혼합물이다.

그런 의미에서 정동은 도시의 분위기를 배합하는 팔레트와 같다. 도시의 분위기가 단색이 아닌 이유는 이 다양한 색깔들이 겹치고, 번지고, 스며들기 때문이다. 도시적 삶이란 이 끊임없는 도시의 정동적 등록(registration)에 참여하는 수행 과정이다. 우리는 저마다의 각도와 속도로, 도시가 빚어낸 느낌의 소용돌이 속으로 걸어 들어간다. 공원에서 우연히 짧게 마주친 낯선 이의 눈빛, 지하철을 가득 채운 무거운 침묵, 이유를 알 수 없는 누군가의 적의(敵意)까지. 무수한 마주침이 도시의 뉘앙스를 미세하게 변화시킨다. 보이지 않는 감응들이 켜켜이 쌓여 도시의 색채, 즉 감정 구조를 형성한다.

그렇다면 이 감응 공간에서 발생하는 사건들은 어디로 가 무엇이 되는가. 감응은 흩어지면서도 어긴가에 흔적을 남긴다. 특정 장소, 특정 상황에서 일어난 정동적 사건은 개인의 기억을 넘어 그 공간의 정서적 조건을 재구성한다. 서로 다른 색깔의 감정과 느낌들이 영향을 주고받으며 결합하고, 이를 통해 도시 고유의 정동적 분위기가 만들어진다. 이질적인 감응들이 서로 얽히고설켜 시공간을 감싸안는다. 이런 방식으로 도시는 몸과 몸을 연결하고 감응들이 흐르게 하는 보이지 않는 정동적 인프라(affective infrastructure)를 구축한다.

주식회사 생활세계

현대 도시에서 이러한 정동적 인프라는 하나의 방향성을 갖는다. 스리프트는 우리가 사는 도시를 주식회사 생활세계(Lifeworld Inc.)라고 명명했다.[17] 이는 일상의 감응적 역량이 상품화되고, 자동화되는 시스템을 비판적으로 포착한 개념이다. 도시의 화려한 조명, 거대한 스크린, 쏟아지는 빛과 정보 인터페이스는 인간의 주체적 경험에 앞서 감응 자체를 조율하는 장치들이다. 도시에서의 삶은 주체적 판단 이전에 이미 이러한 장치들에 포위되어 있다. 냉정하게 말해, 우리의 일상은 이 분위기를 몸으로 번역하면서 자본주의적 욕망에 서서히 물들어가는 과정일지도 모른다. 이런 맥락에서 스리프트는 현대 도시를 거대한 현상학 기계에 비유한다.[18] 도시는 더 이상 단순한 공간이 아니다. 상품을 파는 것이 아니라, 경험과 감정을 생산하고 지시하는 기계처럼 작동한다.

스리프트는 자본주의 도시의 생활세계를 가리켜 보안-엔터테인먼트 복합체라고도 부른다.[19] 감시와 쾌락이 기묘하게 결합한 복합체는 감응을 대량 생산하는 정치·경제적 장치다. 대형 쇼핑몰의 쾌적함은 자유의 감각이라기보다 소비를 유도하기 위한 정교한 설계이며, 스마트 시티의 안전망은 불안을 해소하는 동시에 불안을 자원 삼아 통제를 강화한다. 타인을 향한 경계심은 수많은 CCTV와 결합한다. 이뿐인가. 24시간 꺼지지 않는 무인 상점의 불빛은 서비스의 지속을 넘어, 멈추지 않는 도시의 생산성과 소비 리듬을 우리 몸에 각인한다. 초고속 인터넷망은 단순한 통신 속도가 아니다. 그것은 항상 연결되어 있으라는 명령, 고립에서 벗어나야 한다는 감정적 의무로 번역된다. 도시의 장치들은 결국 자본주의의 묵시적 요구를 전달하고 수행하는 정동적 인프라다. 스리프트가 정동을 도시 전체를 관통하며 서로 다른 것들을 연결하는 전선이자 파이프라인이라 부른 이유도 여기에 있다. 자본주의 도시는 감응의 리듬이 우리 몸을 통과하고 조정하도록 만드는 일종의 정동 공학을 끊임없이 실행 중이다.

정동 공학은 전통적인 도시 문제와 결합해 풍경을 더욱 복잡하게 만든다. 도시는 연결하고 매개할 뿐만 아니라, 특정한 방식으로 감응을 허용하거나 차단하는 분할의 정치를 구현한다. 누가 어떤 공간에 접근할 수 있는가 하는 문제는 이제 감각적인 것의 분할 문제로 변환된다. 우리는 양극화된 사회 현실을 뉴스나 통계로만 인식하지 않는다. 인식에 앞서 감응을 통해 이미 안다. 보안과 감시가 작동하는 생활세계의 인프라를 통과하며 몸으로 체감한다. 강남과 비강남, 고급 아파트와 임대 아파트, 서울과 지방… 우리가 거론하는 수많은 도시 문제의 기저에는 정동적 사건들이 개입돼 있다. 위계적인 공간 분할이 실제로 작동하는 힘은 단순히 이념이나 재현 때문이 아니다. 그것들을 매개로 형성되는 특정한 정동들이 우리의 판단보다 먼저 작동하기 때문이다. 위계화된 정동적 가치들이 도시에 드리워진 불안정성의 느낌들과 결합할 때, 풍경의 분할은 더 강렬하고 견고해진다. 도시의 감정 구조는 보이지 않는 정동적 힘들이 겹겹이 누적된 결과이며, 마침내 사물과 도시 지리에 뚜렷한 흔적을 남긴다.

감응은 미래의 현실을 품고 있다

그럼에도 도시는 또 다른 사건의 전조와 변화의 잠재성을 품은 공간이다. 감응을 항상 체계적으로 관리할 수는 없다. 감응의 생성이 주식회사 생활세계의 계산기 안에만 갇혀 있지 않다는 뜻이다.

가능성은, 감응이 본질적으로 미래를 품고 있다는 사실에서 시작된다. 정동은 언제나 이미 잠재적인 것을 내포한다. 사건이 터지기 전에 몸을 스치는 미세한 충격, 아직 오지 않은 일들을 예감하게 하는 에너지의 흐름으로 작동한다. 불안은 사건 발생 전에 몸의 긴장으로 먼저 찾아오고, 기대는 변화가 일어나기 전에 가슴 깊은 곳에서 차오른다. 밴 앤더슨은 정동을 미래의 현존이라고 부른다.[20] 도시의 공기 속에서 느껴지는 설렘이나 설명하기 어려운 위험의 징후는 단순히 현재의 상태를 지시하는 것이 아니다. 그것은 아직 도래하지 않은 사건을 지금, 여기로 불러내 미리 살게 만드는 전조(前兆)이자, 미래를 현재화하는 정동적 사건이다.

지금은 주변부에 머물러 있는 이질적인 느낌일지라도, 때로는 주목해야 할 순간이 있다. 정치적으로 낯선 소수자의 목소리, 우연한 환대, 스쳐 지나가던 누군가의 날카로운 눈빛 하나. 이런 사소한 것들이 어떤 계기와 만나 도시 전체를 뒤흔드는 거대한 사건으로 비화할지 아무도 모른다.

폭우가 쏟아진 밤, 이재민들이 모여 있는 체육관을 떠올려 보

자. 그곳에는 불안과 두려움, 미래의 불확실성이 뒤엉켜 있지만, 아직 하나의 언어로 된 감정 상태는 아니다. 그러나 이미 사람들의 몸은 폭우 전과 후로 다르게 변형된다. 미래의 위협은 종종 현실보다 더한 현실로, 현재의 삶 안에 미리 실현된다. 영화《기생충》의 기택 가족에게 닥친 일이기도 하다. 그들의 파국은 어느 날 갑자기 찾아온 우연이 아니었다. 이미 오래전부터 도시의 공기 속에, 집의 틈새 사이에, 계단의 가파른 경사와 지하실의 냄새 속에 잠복해 있던 미래의 현실이었다.

도시에서 정동의 등록 과정은 고정되어 있지 않다. 영원히 동일한 정동들로만 채워지지도 않는다. 불확정성 안에 변화의 잠재성이 숨 쉰다. 정동적 흔적들은 축적되면서 인간도, 사물도, 도시도 다른 무언가로 변해가도록 추동한다. 끊임없이 다른 무언가를 생성하게 만든다. 감응은 나 혼자만의 고립된 경험이 아니며, 타자와 마주하고 차이에 응답하는 공명의 여정이다. 도시에서 어느 순간 새로운 정치적 주체들이 태어나는 것은, 바로 이러한 정동의 잠재적 힘 때문이다.

2. 물듦

마주침 혹은 간섭효과

도시는 마주침의 장소다

우리는 흔히 도시를 기업이 생산한 제품처럼 소비하곤 한다. 앙리 르페브르가 말했듯, 도시는 하나의 작품이다. 거주자들이 집합적으로 만들어가는 공동 작품. 도시는 인간이 자신의 삶과 역사를 투영해 빚어낸 공동 작품, 끊임없는 창의적 실천의 결과물이다.[21] 일상적 리듬과 몸의 궤적을 통해 매 순간 새로 쓰이는 살아 있는 활동 공간이다. 여기서 작품이란 박물관에 박제된 고정된 예술품을 의미하지 않는다. 매일의 발걸음과 마주침이 도시의 문장을 다시 쓴다는 뜻이다.

그렇다면 도시라는 공동 작품은 어떻게 만들어지는가. 르페브르는 도시를 단일 리듬이 아니라 다양한 리듬들이 얽혀 있는 다(多)리듬 공간으로 분석한다. 호흡과 맥박 같은 생리적 리듬, 기억과 감정을 따라 흐르는 심리적 리듬, 달력·축제·의례 같은 공적 리듬, 언어·제스처·이미지들이 만들어내는 상상적 리듬, 지배와 피지배의 관계를 각인하는 권력의 리듬이 서로 포개지고 충돌하며 도시의 풍경을 직조한다. 도시를 이루는 다양한 리듬들은 때로는 불일치하며 충돌하고, 때로는 조화를 이룬다.[22]

저 아래, 거리를 걷고 있는 사람은 온갖 소음들, 웅성거림, 리듬들(몸의 리듬들도 포함된다. 그러나 길 건너면서 대충이라도 발걸음 수를 계산해야 할 때를 제외하고 그는 그것에 주의를 기울이는가?) 속에 파묻힌다. 반면, 창문에서 내려다볼 때는 소음들은 서로 구별되고, 흐름은 분리되어, 리듬들은 서로에게 화답한다. 저 아래 오른편에 신호등이 있다. 빨간 불, 자동차들이 멈춰 서고, 보행자들이 길을 건넌다. 희미한 웅성거림, 발자국, 목소리들이 뒤섞인다.[23]

르페브르는 창문가에 서서 거리의 리듬을 관찰한다. 그의 시선 속에서 도시는 거대한 흐름과 리듬의 교차 공간으로 재구성된다. 거리는 단순히 사람과 차가 오가는 물리적 통로가 아니라, 서로 다른 리듬들이 겹치고 갈라지며 강도를 만들어내는 역동적 장이다. 길 위를 걷는 사람에게 소음과 웅성거림은 하나의 덩어리처럼 들린다. 그러나 위에서 내려다보면, 도시는 각기 다른 리듬의 층위들로 살아 있다. 신호등이 만들어내는 정지와 이동의 박동, 자동차 엔진의 파동, 사람들의 발자국과 목소리. 모든 리듬이 서로 비껴가고 겹치면서, 물리적 환경을 초과하여 다양한 리듬의 강도들을 풍경 위에 새겨 넣는다.

밤이 되어야 조금 진정이 되는 이 가차 없는 리듬에 좀 덜 격렬하고, 좀 더 느린 리듬들이 겹친다. 학교에 가기 위해 집을 나서는 아이들, 매우 시끄러운 심지어 째지는 듯한 목소리로 누군가를 부르는 소리, 아침 출근길의 인사 소리 등이 들려온다. (중략) 방금 언급한 리듬들(학생, 구매자, 관광객들)은 자동차들, 단골들, 점원들, 간이음식점 손님들의 움직임처럼 짧은 리듬의, 좀 더 활발한 교차적 리듬 속에 포함되는 길고 단순한 주기의 순환적 리듬에 가깝다. 반복적이고 다른, 다양한 리듬들의 상호작용은, 흔히 말하듯, 지역 혹은 거리에 생동감을 준다. 선형적인 것, 다시 말해 연속은 교차 운동으로 이루어진다. 선형적 운동은 긴 주기의 순환적 운동과 결합한다. 순환적인 것은 겉으로 드러난 사회조직이다. 선형적인 것은 일상적인 되풀이, 관례다. 즉, 우연과 만남으로 구성된 영구적인 되풀이다.[24]

밤에는 자동차의 가차 없는 리듬이 잦아들지만, 아침이 되면 등교하는 아이들, 장을 보는 사람들, 관광객들이 만들어내는 또 다른 리듬이 겹친다. 각각의 흐름은 독립된 시간처럼 보이지만, 실제로는 서로를 가로지르고 교차하면서 하나의 장소를 살아 있게 만든다. 생동감이란 눈에 보이는 실체가 아니라, 서로 다른 리듬들이 부딪치고 스쳐 지나가는 교차의 밀도에서 생겨나는 어떤 뉘앙스다.

르페브르가 말하는 순환적 리듬은 하루, 일주일, 계절처럼 비교적 긴 주기로 작동한다. 아이들의 등교, 관광객의 유입, 상점의 개폐 시간 같은 것들이다. 겉으로 드러난 사회조직의 규칙과 맞닿아 있다. 반면 선형적 리듬은 우리가 매일 되풀이하는 몸짓, 습관, 그리고 우연한 마주침들이다. 언제나 비슷해 보이지만 결코 완전히 똑같지는 않은 발걸음과 인사, 눈짓과 짧은 대화들. 르페브르는 선형적 리듬이 순환적 리듬과 엮이면서 "우연과 만남으로 구성된 영구적인 되풀이"를 만들어낸다고 통찰한다. 같은 시간표를 따라 돌아가지만, 도시는 매번 이전과 다른 감응을 생성한다.

중요한 것은 이러한 리듬들이 몸의 감각을 어떻게 물들이는가이다. 신호가 바뀌는 찰나의 침묵, 곧이어 터져 나오는 엔진 소리, 인파가 지나간 자리에 남는 진동, 걸음을 재촉하게 만드는 빛과 소리의 압력. 대개 명시적인 사건으로 인식하기 어려운 것들이다. 하지만 우리의 신경계는 미세한 리듬 변화들에 끊임없이 반응하며, 어느새 걷는 속도, 목소리의 높낮이, 호흡과 심장의 박동이 거리의 리듬에 맞추어 조율된다. 물듦이란 몸이 도시의 리듬에 조금씩, 그러나 집요하게 동기화되는 과정이다. 의식하지 못한 채, 매일 몸의 패턴을 거리의 리듬에 맞춰 수정한다.

따라서 도시는 거대한 마주침(encounter)의 장으로 정의될 수 있다. 감응 도시란 마주침 속에서 끊임없이 일어나는 차이와 반복의 리듬으로 이해된다. 도시는 그 자체로 무수한 리듬들의 집합이자, 그 리듬들이 몸에 남기는 정동적 흔적의 네트워크다. 그런 의미에서 거리는 단순한 통행로가 아니라 끊임없이 감응이 점화되는 장소다. 르페브르는 도시가 "교향악"과 같다고 말한다.

> 당신은 정지된 사물들 대신, 모든 것을 뛰어넘어 자신만의 시간을 지닌 각각의 존재자, 각각의 몸을 따라가게 될 것이다. 모든 것은 자신의 근접 과거, 근접 미래, 그리고 먼 장래와 함께 자신의 공간, 자신의 리듬을 갖는다.[25]

나의 리듬과 타인의 리듬이 만나 잠시 엉키고, 간섭하고, 다시 풀려나가는 음악적 사건. 리듬들이 불협화음과 공명을 반복하며 연주되는 거대한 즉흥 연주.

거리에 관하여

거리를 위하여. 거리는 단순한 통행과 교통의 장소가 아니다. (중략) 거리란 무엇인가? 거리는 마주침의 장소(장소성)이며, 거리가 없이는 특정한 장소들(카페, 극장, 각양각색의 방)에서 다른 만남 들이 가능하지 않다. 이들 특권적 장소는 거리에 활기와 생동감을 불어넣는다. 그렇지 않으면 이 장소들을 존재할 수 없다. 거리라는 자발적 무대에서 나는 광경도 되고 관객도 되며, 때로는 배우도 된다. (중략) 거리는 무질서하다. 다른 곳에서는 불변적이고 중복된 질서 안에 경직되어 있을 뿐인 도시적 삶의 모든 요소들이 거리에서 해방되며, 그곳

 감응도시

으로 몰려든다. 그리고 이 요소들은 거리를 거쳐 중심으로 향한다. 즉 이 요소들은 고정된 거주지에서 떨어져 나와 거리에서 만난다. 이 무질서는 살아 있는 것이다.[26]

카페, 극장, 상점들이 거리에서 서로 연결된다. 거리에 활기를 불어넣는 특권적 장소들은 거리를 떠나서는 존재할 수 없고, 거리라는 자발적 무대에서 우리는 풍경이고 관객이며 동시에 배우가 된다. 그래서 거리는 "무질서하다." 다른 곳에서는 경직된 질서 안에 갇혀 있는 도시의 요소들이 거리에서는 해방된다. 잠시 서로 뒤섞이며, 새로운 중심을 만들어낸다. 르페브르에 따르면, 거리의 살아 있는 무질서가 도시적 삶의 핵심이다.

한편, 르페브르는 거리가 마주침의 장소이면서 동시에 어떻게 자본의 스펙터클로 변질되는지도 날카롭게 경고한다.

거리에 반하여. 마주침의 장소라고? 어쩌면 그럴 수도 있지만 그 마주침이란 대체 어떤 것인가? 그것은 피상적인 만남일 뿐이다. 거리에서 사람들은 가깝게 지나가지만 서로 만나지는 않는다. 그 사람들이 거리를 메운다. 거리는 집단과 주체의 형성을 허용하지 않으며, 그곳은 무언가를 찾는 무리로 채워진다. 무엇을 찾는가? 거리에는 상품의 세계가 펼쳐진다. 상품을 위한 특별 장소인 시장들(광장, 홀)에 자리 잡지 못한 상품들이 도시 전체로 몰려든다. (중략) 거리는 상점들이 잇달아 있는 좁은 길, 진열대다. 구경거리(도발적이고 구미를 돋우는 구경거리)가 된 상품은 거리에 있는 사람들 서로 서로를 구경거리로 만든다. 이곳에서는 다른 곳에서보다 교환과 교환가치가 사용보다 더 중요해지며, 사용은 잔여물로 축소된다.[27]

상점들이 줄지어 들어서고, 진열된 상품은 지나가는 사람들까지 구경거리로 만든다. 이곳에서는 교환가치가 사용가치를 압도하고, 사용가치는 잔여물로 밀려난다. 또 거리는 억압의 특권적 장소가 되기도 한다. 마주침은 깊은 관계를 여는 사건이 아니라, 서로를 스쳐 지나가는 피상적인 만남으로 축소되기 쉽다.

도시는 마주침과 마주침의 상실이라는 두 개의 이야기를 동시에 드러낸다. 살아 있는 무질서의 무대이자, 상품과 교환가치가 지배하는 진열대. 진정한 마주침의 장소이자, 마주침이 끊임없이 봉쇄되고 관리되는 통제의 공간. 어떤 리듬은 존재의 리듬을 깨우고, 어떤 리듬은 자본의 자동기계를 강화한다. 그러므로 묻게 된다. 거리에서, 도시에서, 새로운 마주침을 어떻게 다시 만들어낼 것인가.

마주침의 정치

앤디 메리필드는 르페브르의 도시 사유와 공명하며 마주침의 정치를 논한다. 주목할 것은, 이미 주어진 공간 안에서 행동하는 인간이 아니라, 행동함으로써 공간이 되는 인간을 논한 지점이다.

　이 공간의 참여자들은 그들의 열정을 공유하며 그들의 희망을 긍정해주는 특이성만이 아니라 그 자신의 역사적 공간을 창조하는 힘으로서도 융화한다. 사람들은 공간 속에서 행동하는 것이 아니다. 사람은 행동함으로써 공간이 된다. 그들이 공간이다. (잭슨 폴락은 자신이 자연이라고 주장했다) 이런 빗겨 나는 마주침에서는 전체 공간이 수행 공간이 된다. 그냥 바라보고만 있거나 누군가 다른 사람을 위해 수행하는 사람은 아무도 없다. 모두가 어떤 사건을 어떤 내환경을 만들어낸다. 사람들 사이의 관계를 변형시킴으로써, 공간 속에서 소통함으로써, 또 공간을 변형시킴으로써, 공간과의 생생한 대화에 참여함으로써 그렇게 한다. 하나의 내환경 안에서 수행 전체가 모든 참여자의 행동뿐만 아니라 모든 공간적 관계를 작동시키고 창조한다. 그것은 거꾸로 더 유연한 마주침으로 이어져서, 그 마주침에서 수행은 변화하는 공간적 배치에 의해 어떤 식으로든 조절된다. 내환경은 길거리 드라마로, 극적인 길거리 극장으로 문자 그대로 분출하는 공간이다.[28]

　메리필드에 따르면, 어떤 공간에 모인 사람들은 각자의 열정과 상처, 희망과 두려움을 가지고 모여들면서, 자신들의 역사적 공간을 창조한다. 공간은 미리 준비된 빈 무대가 아니라, 함께 행동하는 이들의 몸을 통해 현재 안에서 생성된다. 잭슨 폴락이 "나는 자연이다"라고 선언했듯, 사람들이 공간 속에 들어와 사는 것이 아니라 스스로 공간(자연)이 된다.

메리필드는 도시의 역동성을 내(內)환경(invironment)이라는 독창적인 개념으로 설명한다. 객관적인 외부 환경이 아니다. 몸과 환경, 즉 서로 다른 몸들이 마주하며 끊임없이 상호작용 하면서 공간을 형성하는 관계적 장이다. 하나의 사건을 둘러싼 몸들의 동심원이자, 예기치 않은 변화와 도약이 일어나는 살아 있는 무대다. 여기에 구경꾼과 배우를 구분하는 뚜렷한 경계란 없다. 누가 누군가를 위해 공연하는 수동적인 장면이 아니라, 모두가 어떤 사건을 함께 만들어가는 공동 수행의 장이 펼쳐진다. 사람들은 관객과 배우의 구분을 잊고, 서로에게 감응하는 몸으로 엮인다. 도시는 새로운 정치적, 정동적 가능성이 열리는 임시적인 무대다.

내환경 속에서 사람들은 서로의 관계를 변형시키고, 소통하며, 공간 자체를 바꾸어 나간다. 수행 전체가 각자의 행동뿐 아니라, 모든 공간적 관계를 동시에 작동시키고 창조하는 것이다. 그럴 때, 공간은 전보다 더 유연한 마주침을 가능하게 하는 장으로 변화한다. 변형된 공간은 또 다른 수행을 낳는다.

메리필드는 내환경이 때로는 길거리 드라마로 분출한다고 말한다. 광장에서, 골목 모퉁이에서, 혹은 시위의 한복판에서 공간의 공기가 돌변하는 순간이 있다. 익숙했던 거리는 사라지고 더

감응도시

이상 예전과 같지 않다.

　이 길거리 드라마의 효율성은 필히 하나의 공간을 창조하는 수행적 행위에 의존할 것이다. 배우와 관객이 서로가 하나임을 깨닫게 되는 그런 공간 말이다. 단순한 관계들, 집단적 제의들, 집합적 리듬들, 그리고 반복되는 인민 군중과 그들의 개인적 신체 사이의 융화뿐 아니라 공간 안에서의 기본적인 연결들을 규정한다. 분리는 극복되고, 한동안, 잠시 동안, 지속되는 그 한순간 동안, 빗겨 나는 마주침이 눈앞을 스치고 지나간다. 그 순간이 계속 이어지는 것은 그것이 사람들을 앞으로 끌고 가는 마주침이기 때문이다. 그 마주침은 와해되지 않는다. 역사적인 사건으로, 어제, 지난주에, 일 년 전이나 오십 년 전에 발생한 어떤 것으로도 해체되지 않는다. 지속하는 마주침이 일어나면 그 어떤 것도 예전과 동일해지지 않는다. 그것은 사람들을 생성의 과정 속으로, 뭔가 다른 것이 되어가는 과정 속으로 쏘아 보낸다.[29]

길거리 드라마의 핵심은, 서로가 서로에게 영향을 주고받으며 함께 공간을 만들고 있다는 공통 감각을 공유하는 것이다. 관계와 리듬이 응축된 하나의 사건이다. 메리필드는 거리의 드라마 같은 순간을 "분리가 극복되는", "빗겨 나는 마주침이 눈앞을 스치고 지나가는" 사건으로 묘사한다. 겉으로 보면 짧고 덧없는 장면처럼 보이지만, 사람들을 앞으로 끌고 가는 힘을 지닌다. 한번 존재하고 사라지는 휘발하는 사건이 아니다. 지속하는 마주침은 그 자체로 의미 있는 사건이 된다. 감각과 판단, 선택을 바꾸어 놓는다.

이후에는 "그 어떤 것도 예전과 동일해지지 않는다." 도시의 공간뿐 아니라 거주자인 우리 자신이 다른 존재가 되어가는 과정에 들어선다. 마주침은 도시를 스쳐 지나가는 에피소드가 아니라, 우리를 "뭔가 다른 것이 되어가는 과정 속으로 쏘아 보내는" 정동의 증폭 장치다. 마주침의 장소는 온라인 네트워크(약한 연대)의 가상 공간일 수도 있고, 물리적인 오프라인 장소(약한 연대)일 수도 있다. 중요한 것은 지속하는 마주침을 통해 도시의 가시적 환경뿐 아니라, 우리 사이의 보이지 않는 환경이 재구성된다는 점이다.

결국 마주침의 도시는 추상적인 이론이 아니라, 누가 우리와 함께 이곳에 머물고 있는가, 함께 거주한다는 것이 무엇인지를 계속해서 묻는 과정이다. 르페브르에 따르면, 진정한 거주란 단순히 주어진 주거 공간 안에 수동적으로 머무는 기능적 상태가 아니다.[30] 그것은 도시 곳곳의 틈과 여백을 자기만의 리듬과 욕망으로 채워 넣으며, 공간을 전유(專有, appropriation)해 나가는 능동적인 실천이다. 우리가 낯선 타자와 마주치고, 서로의 흔적이 조금씩 섞일 때, 도시는 자본이 기획한 상품의 지위를 벗어나 비로소 우리가 함께 빚어내는 삶의 공동 작품이 된다.

함께 거주한다는 것은 유리창 너머로 타인을 관조하는 일이 아니다. 오히려 낯선 타자와의 마주침이 불러오는 어색함과 불안정성을 기꺼이 감수하는 일이다. 파편화된 개인들에게 다시 한번 함께 있음의 감각을 돌려주는 것은 마주침이다. 타자와의 마주침으로 나와 세계의 경계를 넘어 새로운 관계의 지도를 만들어갈 수 있다.

특정 집단이나 권력에 힘을 위임하지 않고, 거리의 무수한 마주침에 정치적인 힘으로 부여하는 것은 의미 있는 작업이다. 하지만 내환경은 결국 인간들 사이의 사회적 마주침에 좀 더 방점을 찍는다. 마주침의 대상은 더 풍부하다. 우리가 도시에서 마주치는 것은 사람만은 아니다. 우리는 날마다 도시에서, 거리에서 나무, 동물, 기계, 차량, 건축물, 광고판, 거대한 콘크리트… 수많은 비인간(non-human)과 마주친다. 우리의 몸과 사물의 몸이 끊임없이 부대끼며, 그 속에서 우리 존재의 위치와 삶의 방식을 확인한다. 환경 역시 인간을 위한 배경으로 가만히 물러서 있는 것은 아니다. 사물들과 얽히고설키며 환경 역시 인간의 삶에 지대한 영향을 준다. 우리가 사는 도시는 인간의 몸뿐만 아니라, 도시의 비인간들과 환경이 몸 안으로 밀려와 일으키는 물질적이면서 동시에 비물질적인 감응의 지형도로 이루어져 있다. 이러한 맥락에서 이 책은 감응 도시의 마주침을 얽힘과 감응 과정으로 해석하고 내풍경(innerscape)이라 부르고자 한다.[31]

감응의 간섭효과

마주침의 순간, 정동은 결코 원래의 자리에 고여 있지 않다. 슬픔은 누군가의 행복한 웃음소리와 섞여 비참함으로 변주되기도 하고, 어떤 냄새는 사회적 통념과 뒤엉켜 타인을 향한 거부감으로 변질되기도 한다. 감응은 고정된 실체가 아니다. 정동은 끊임없이 다른 정동들과 조우하며 매 순간 다른 표정으로 변화한다. 감응은 정지된 명사가 아니라, 살아 움직이는 동사에 가깝다.

복잡다단한 마주침을 설명하기 위해 양자론의 간섭효과 개념을 빌려올 수도 있겠다. 다만 실험실의 통제된 두 개의 파동이 아니라, 수백, 수천 개의 파동이 동시에 출렁이는 도시를 상상해야 한다. 물리학에서 입자이면서 파동인 양자가 슬릿을 통과하며 서로 겹칠 때, 파동의 무늬가 회절하며 독특한 간섭무늬를 만들어내듯, 도시의 감응 또한 그렇다. 예컨대 내풍경에서 일어난 일상의 피로라는 파동은 그 상태 그대로 보존되지 않는다. 쇼핑몰이 뿜어내는 화려한 욕망의 파동과 섞이거나, 뉴스 화면의 긴박한 빛과 충돌하면서 때로는 소비적인 충동으로, 때로는 정치적 분노로 변환된다.

도시를 걷는다는 것은 무수한 타자들의 정동과 분위기에 끊임없이 물들고 변화하는 과정이다. 특정한 거리에 들어서는 순간 평온했던 마음이 깨지고, 긴장과 경계심이 스며드는 경험을 우리는 종종 한다. 익숙했던 골목이 낯선 사건이나 타인의 시선과 섞여 전혀 다른 장소로 다가오기도 하고, 부유하던 감정들이 오래된 공간이 품은 장소감과 만나 뜻밖의 안도감으로 가라앉기도 한다.

도시의 감응은 단순히 감정이 더해지거나(보강) 사라지는(상쇄) 차원을 넘어선다. 피로한데 화려하고, 분노가 치미는데 무기력한, 도시 특유의, 상반되고 복합적인 감정들은 감응의 간섭효과가 만든 결과라고 할 수 있다. 그러므로 우리가 느끼는 감응을 순전히 개인적인 것이라고 말하기 어렵다. 감응 도시라는 거대한 장 위에서 서로 다른 정동들이 엉키고 부딪히며 빚어낸 파동의 합작품이다. 도시는 수많은 파동이 간섭하며 그려낸, 얼룩덜룩하고도 생생한 무늬로 구성된다.

이와 관련해 사라 아메드는 정동이 변환되는 과정을 설명하면서 정동이 끈적하다(stick)고 표현한다. 정동은 대상과 대상 사이를 통과하면서, 서로 다른 것들을 그야말로 달라붙게 만든다. 타인의 공포가 특정 인물의 이미지에 달라붙고, 누군가를 향한 혐오가 어느 집단이나 사물에 달라붙는다. 그러면서 애초의 상태가 달라진다. 정동과 사물이 붙는 끈적한 접촉면에서 내풍경 또한 서서히 변형된다. 고립된 내면의 체험이 아니다. 나와 타자, 인간과 비인간이 서로의 경계를 스며들며 공명하기 때문이다.[32]

예를 들어, 쇠락한 산업도시에서 희망의 정동을 만들어내려는 여러 전략은 바로 이러한 정동의 변화를 겨냥한다. 단일 주력 산업에 의존하는 지역에서 거시적 경제 위기가 발생하면, 실업률 문제를 넘어 도시 전체가 불안정성 상황으로 변환된다. 고용 불안, 생계 기반의 붕괴, 미래에 대한 예측 불가능성이 결합한 정동은 일상의 구석구석을 잠식하며, 도시의 공기를 대상이 분명치 않은 막연한 불안, 즉 지그문트 바우만이 말한 유동하는 공포로 채워 버린다.[33] 도시의 위기는 애초에는 비재현적이었지만 지역 사회의 저항 담론, 정책 요구, 언론 보도와 같은 재현적 영역에 등록되면서 점차 정치적 압력으로 다르게 변주될 수 있다. 이에 대응해 도시 행정 차원에서 쇠락한 도시 정체성을 덮어쓰게 할 새로운 서사를 구성하기도 한다. 공포와 희망이라는 보이지 않는 비재현적 에너지와 이를 둘러싼 재현적 담론이 충돌하고 교섭한다. 도시가 여러 상반된 정동들이 간섭을 일으키는 공간적 정동 정치의 무대가 되는 까닭이 여기에 있다.

　기실 감응의 차이는 마치 소음이나 잡음처럼, 언어로는 제대로 번역되지 않을 때가 많다. 그렇다고 해서 사라지는 것은 아니다. 번역되지 않은 감응들은 오히려 기존의 담론과 감각 사이에 미세한 균열을 만들고, 그 틈에서 다른 감정들이 발아하도록 밀어붙인다. 끊임없이 흐르고, 부딪히고, 섞이면서 도시의 감정적 질을 조금씩 비틀고 전환한다. 중요한 것은 감응 자체가 아니라, 감응이 무엇과 만나 어떤 새로운 무늬를 짜느냐 하는 점이다. 어떤 조우는 우리를 움츠러들게 하지만, 어떤 조우는 우리를 확장한다. 어떤 풍경은 우리를 침묵시키지만, 어떤 풍경은 우리 안에서 아직 이름 붙지 않은 감정의 목소리를 깨운다. 이 치열한 간섭과 조합의 과정을 통과할 때, 도시는 비로소 단순한 이념이나

　　　　　　　　　　　　　　　　　　　　

배경이 아니라, 우리와 함께 호흡하며 변형되는 살아 있는 감응-
장으로 드러난다.

강렬해지기

정동적 가치와 정동적 경제

감응은 언제나 미약한 떨림에서 시작한다. 그러나 떨림이 도
시의 인프라, 사회적 기대, 기술적 환경, 그리고 개인의 기억과 맞
물리는 순간, 미세한 진동은 몸의 경계를 넘어 하나의 강렬한 파
동으로 증폭한다. 어떤 감응들은 점차 희미해져 사라지지만, 도
시의 정동적 인프라를 돌며 유독 강렬해지는 감응도 있다. 도시
의 리듬과 구조 속에서 꾸준히 힘을 축적해 가면서, 특정한 감
정, 태도, 행동으로 응축되거나, 전혀 다른 감응들을 파생시키
기도 한다. 감응의 힘이란 단순히 심리적 크기가 아니라, 감응
을 통해 몸과 세계가 어떻게 변형되고 변용되는가의 문제다. 예
컨대. 밀도 높은 인구의 흐름은 몸의 경계를 수축시키고, 대상이
분명하지 않은 위험의 감각은 불안의 강도를 끌어올린다. 반대
로 뜻밖의 순간, 틈이 열리듯 몸의 역량이 확장되는 때도 있다.

의식하기도 전에 도시적 리듬의 진폭에 따라 몸의 역량과 감
응의 세기가 끊임없이 변화한다. 감응은 강렬화의 과정, 강렬해
지기(intensification)를 통해 힘을 얻기도 하고, 동시에 다른 것으
로 변형되어 순환한다. 정동의 여정은 화폐와 상품의 교환 과정,

혹은 무의식과 의식 사이의 상호 침투처럼 작동한다. 감응들은 서로를 대체하고(교체), 다른 대상과 장면으로 미끄러져 옮겨붙으면서(전치), 모습을 달리하며 순환한다.

사라 아메드는 이 역동적 과정을 정동적 경제(affective economies)라는 개념으로 설명한다.[34] 그녀에 따르면 감정은 개인이 소유하고 표현하는 내면의 사유재산이 아니다. 전통적인 심리학 모델이 감정을 개인의 마음속에 자리한 어떤 것으로, 밖으로 표현되어야 할 무엇으로 보았다면, 아메드는 감정이 안과 밖 어디에도 고정되어 거주하지 않는다고 주장한다. 감정은 몸과 몸, 기호와 기호 사이에서 일어나는 접촉의 구역이며, 정동적 움직임을 통해 서로 다른 대상들을 달라붙게 만드는 일종의 접착제다.

감정은 나라는 주체 안에, 혹은 그것이라는 대상 안에 고정된 속성이 아니다. 감정은 움직임 그 자체로서, 대상을 서로 묶어 놓는 힘을 지닌다. 감정과 정동의 구분은 명확하지 않다. 실제로 상호 교환적이다. 감정을 구성해온 정동들은 마치 화폐처럼 한 몸에서 다른 몸으로, 한 기호에서 다른 기호로 순환한다. 순환하면서 점점 더 강렬한 정동적 가치(affective value)를 축적한다.[35]

아메드는 특히 공포라는 정동이 어떻게 작동하는지에 주목한다.[36] 공포는 위협의 대상이 분명할 때보다, 오히려 공포의 대상이 분명하지 않을 때 더 강렬해진다. 공포는 하나의 대상에 고정되어 머무르지 않고, 하나의 대상에서 다른 대상으로 미끄러

 감응도시

지듯, 통과하듯이 이동한다. 위협의 출처가 불분명할수록 모든 것을 잠재적 위협으로 감지하게 되고, 불확실성이라는 성격 자체가 공포의 강도를 증폭시켜 결국 공포가 공간 전체를 점령하게 만든다.

아메드는 정동과 감정을 통해 주체가 형성되는 과정을 경계/피부(surface)를 형성하는 강렬화의 과정으로 설명한다.[37] 정동은 흐르다가 어느 순간 특정한 대상(타자)에 끈적하게 달라붙어 우리(내부)와 그들(외부) 사이의 경계를 그린다. 나와 너, 우리와 그들을 가르는 경계면, 즉 피부가 생성되는 것이다. 정동은 어떤 사물이나 신체에 달라붙어 점점 특정한 느낌을 강렬화한다. 그렇게 타자들 사이를 순환하면서 정동적 가치는 도시에서 애착과 혐오의 대상들을 만들어내기도 한다. 그리고 이와 같은 방식으로, 감정은 개별 신체의 경계를 넘어 집단적 신체의 경계/표면을 만들어낸다. 어떤 감정은 우리를 하나의 방향으로 정렬시키고(aligned), 어떤 이들을 바깥으로 소외시키면서(alienated) 사회적 공간-몸의 경계선을 긋는다. 흐릿하고 모호했던 정동이 구체적인 수행을 통해 하나의 감정, 하나의 주체로 응결되는 과정, 개체화(individuation)가 발생한다.

감정적 주체화로서의 개체화 과정이 도시 전체에 균등하게 일어나는 것은 아니다. 앤더슨과 홀든이 정동적 도시주의라는 개념 속에서 분석하듯, 정동과 감정은 도시에 고르게 퍼지는 것이 아니라, 전통적인 도시 지리학과 결합해 불균등하게 분배된다.[38] 예컨대 공간의 사유화는 단순한 소유권 분쟁에 그치지 않는다. 정동과 감정의 분배 방식을 전제로 한 치열한 정치적 과정이다. 게이트화된 단지와 폐쇄적인 커뮤니티의 등장은 특정 집단의 공포와 불안을 건축적 형식으로 번역한 결과다. 높은 담장, 경비원, 감시 기술 같은 봉쇄의 양식으로 실체화된다. 동시에 공포는 다른 신체들—가난한 자, 노숙인, 이방인—에게 달라붙어 잠재적 위협으로 낙인찍는다.[39]

도시는 바로 이러한 정동적 표면들을 통해 잘 정렬된 정동적 공동체의 안과 바깥을 만들어간다. 강렬화는 우리 몸의 표면을 지각 가능하게 만들고, 표면화 자체의 역동성을 드러낸다. 통증이 특정 부위를 강렬하게 드러낼 때 비로소 아픈 나라는 신체의 경계가 선명해지듯, 도시의 정동이 강렬해질 때 우리는 불안한 시민, 분노한 군중이라는 구체적인 집단으로 표상된다. 감응의 힘은 우리를 하나의 익명적 덩어리에서 특정한 감정을 지닌 주체로 표면/경계를 만드는 힘이다.

도래하고 있는 것이 현재를 바꾼다

강렬해지는 것은 이미 일어난 사건들만이 아니다. 마수미는 미래의 위협을 논하면서, 아직 일어나지 않은 일이 어떻게 현재보다 더 현실적인 것으로 작동하는지 묻는다.

물음: 어떻게 아직 일어나지 않은 일의 비존재성이 지금으로

감응도시

선 완전히 끝나고 완료된 것보다 더 현실적(real)일 수 있는가?

위협은 미래로부터 온다. 그것은 다음에 올지도 모를 그런 것이다. 그것이 발생한 장소와 궁극적 규모는 규정할 수 없다. 위협의 본질은 끝이 열려 있다[알 수 없다open-ended]는 것이다. 이는 단지 그것이 끝나지 않았다는 말이 아니다. 그것은 결코 끝나는 방식으로 작동하지 않는다. 우리는 결코 그것을 끝낼 수 없다. 설사 분명하고 당면한 위험이 현재에 구체적으로 드러났다 해도 여전히 위협이 종료된 것이 아니다. 더 심각한 상황으로 존재한 이후에라도 항상 잠들어 있는 다음의 잠재적 가능성이 있으며, 그 뒤에 다시 훨씬 더 시한 다음의 잠재성이 있다. 그러한 다음의 잠재성이 지니는 불확실성은 어떤 주어진 사건에도 다 소진되지 않는다. 항상 불확실성의 잔재, 다 소진되지 않은 위험의 잉여가 있다. 현재에는 미래로 향해 되돌아가는(forward back), 즉 스스로 갱신하는(self-renewing), 다음 사건에 대한 미결정적 잠재성의 잉여가 잔존함으로써 늘 그늘이 드리워진다.

스스로 갱신해가는 잠재적 위협은 위협의 미래현실[실재, reality]이다. 그것은 더할 수 없이 현실적이다. 그것의 미래 운용은 이미 실제로 발생했던 일보다 훨씬 더 현실적이다. 위협은 그것의 비존재에도 불구하고 현실적인 것이 아니라 바로 그 때문에 가장, 즉 최상급으로 현실적이다.

관찰: 미래의 위협은 영원하다.[40]

미래의 위협은, 언젠가 일어날지도 모를 사건에 대한 막연한 예상이 아니다. 언제나 현재를 향해 되돌아오는 하나의 강력한 미래적 힘이다. 위협은 아직 도래하지 않았기에 오히려 중지될 수 없다. 단 한 번의 사건으로 닫히지 않고, 다음에 올지 모를 가능성을 끊임없이 증식시키며 현재의 삶 전체에 긴 그림자를 드리운다. 위협을 비현실적인 것이라고 치부할 수는 없다. 오히려 이미 지나가 버린 과거의 사건보다 더 집요하게 현재를 규정하는 초과 현실로 작동한다.

여기서 중요한 것은, 미래의 위협이 구체적인 사건이라기보다 잠재성의 양식으로 존재한다는 점이다. 아직 형체를 갖추지 않았지만, 우리의 감각과 행동, 판단의 시야를 선제적으로 좁히고 비틀어 놓는다. 도시에서 무언가 일이 날 것 같은 느낌, 언제든 재난이 다시 터지리라는 예감은, 특정한 사건이 실제로 일어나지 않아도 이미 우리의 일상을 바꾸어 놓는다. 아직 오지 않은 위협을 기준으로 소비하고, 이동하고, 서로를 평가한다. 도시는 특정한 정동을 따라 미묘하게 재편된다. 미래의 위협은 비(非)존재처럼 보이지만, 지금-여기를 실질적으로 조정하는 가장 현실적인 힘이 된다.

마수미가 말하는 스스로 갱신하는 잠재적 위협은 한 번의 위기를 지나갔다고 해서 쉽게 사라지지 않는다. 팬데믹이 일단락된 뒤에도 우리는 다음 바이러스, 다음 재난, 다음 붕괴를 상상하며 살게 된다. 위험은 사건으로서 끝나는 것이 아니라, 언제든 다시 깨어날 수 있는 초과의 영역으로 남는다. 현실을 초과하는 정동들은 도시의 공기 속에 깔린 집합적인 불안의 정조이자, 나아가서 한 시대를 가로지르는 감정 구조와도 연결된다.

감정 구조는 사회적 현실이자 시대의 조건이 되고, 보다 구체적인 공간에서는 정동적 기후가 된다. 몸과 몸 사이에서 발현하는 다양한 느낌들은 서로의 몸을 물들이고, 공간을 물들이며, 마침내 하나의 감정 구조를 형성하며 집합적으로 공명한다. 흘러넘친다. 정동의 강렬화는 단지 감응의 증폭을 뜻하는 것이 아니다. 한 시대의 느낌들이 도시 위에 정동적 경제를 형성하고, 우리가 서서히 다른 존재로 변신(metamorphosis)해 가는 보이지 않는 과정의 한 단면이다.

3. 넘침

시대 감정 혹은 감정 구조

시대를 지배하는 감정

특정한 사건, 특정한 장소에서 시작됐다 하더라도, 감응은 한 자리에서 끝나지 않는다. 어느 순간 소용돌이치고, 강렬해지고, 결국에는 도시의 안팎으로 번져 나간다. 앞서 우리는 도시의 특정 장소와 순간들 속에서 정동이 어떻게 증폭되는지를 살펴보았다. 그러나 강렬한 에너지들은 그때 잠깐 터지고 사라지는 거품이 아니다. 도시를 감싸는 집합적인 대기(atmosphere)가 되고, 우리가 매일 숨 쉬는 공기, 우리가 살아가는 삶의 조건이 되기도 한다.

정동은 개별 신체 속에서 일어나는 국소적 반응에 머물지 않는다. 우리가 어떻게 숨 쉬고, 생각하고, 관계 맺는지를 좌우하는 환경이자, 하나의 거대한 정동적 조건으로 자리 잡기도 한다. 벤 앤더슨의 표현처럼, 개체 수준을 넘어 사회적 삶이 가능하도록 매개하는 집합적 조건으로 변해간다.

기실 우리 모두 도시라는 물리적 공간에 살고 있지만, 동시에 한 시대를 지배하는 어떤 기분과 분위기 속에 살고 있다. 시대를 구성하는 정서적 조건은 법이나 제도보다 훨씬 은밀하게, 그리고 때로는 그보다 더 강렬하게 몸과 행동을 특정한 방향으로 조율한다. 신자유주의 시대에 삶의 불안정성(precarity)은 더 이상 일부 계층만의 문제가 아니다. 점차 우리 시대를 살아가는 모든 이들이 공유하고 우리를 조정하는 지배적 감정 구조, 시대 감정이 되어가고 있다.[41] 밴 앤더슨은 이를 신자유주의적 정동이라 부른다.[42] 신자유주의가 단순히 시장 논리를 앞세우는 경제 시스템이 아니라, 사회 현실과 연결돼 우리가 특정한 방식으로 느끼고 반응하게 만드는 거대한 감정적 프레임이라고 지적한다. 시대 감정이 된 불안정성은 마땅히 감각하고 적응해야 할 삶의 기본값이자, 삶을 움직이게 만드는 통치 수단이 된다. 이렇게 하여 신자유주의는 위기를 예외적인 사건이 아니라 일상적인 상태로 만든다. 위기가 상시화된 세계에서 우리는 언제 닥칠지 모를 위험에 대비해 끊임없이 신체와 정신을 무장해야 한다.

앤더슨의 논의를 빌리자면, 불안정성 사회는 희망과 공포라는 두 가지 모순된 정동을 동시에 작동시킨다. 한편으로는 노력하면 성공할 수 있다는 자기 계발의 낙관주의를 주입하지만, 다른 한편으로는 멈추면 추락한다는 생존의 위협을 배경음악처럼 깔아놓는다. 감정적 이중 구속 속에서 우리는 스스로 끊임없이 채찍질하는 자기 경영의 주체로 거듭난다.

감정 구조는 시대마다 달라질 수 있다. 시대를 구성하는 마음의 프레임이 달라진다. 어떤 시대에는 특정 감정들이 전면으로 떠오르고, 어떤 감정들은 배경으로 밀려난다. 산업화 시대에는 발전이라는 목표가 사회 전체를 규정하는 정서적 조건이었다.

근면함, 절제, 인내는 개인의 성격이라기보다 시대가 요구한 감정의 문법이자 실천 규범이었다. 속도는 미덕이었고, 피로는 발전에 따른 당연한 감정으로 여겨졌다.

하지만 오늘날 우리를 둘러싼 도시적 삶의 감정적 조건은 그때와 다르다. 특히, 신자유주의 이후, 과거의 감정적 잔여들과 함께 새로운 감응 체계가 출현한다. 하면 된다는 신념들은 약해지고, 대신 불안, 생존, 경쟁의 정서가 더 크게 부상한다. 내일은 오늘보다 나아질 것이라는 발전의 서사는 흐려지고, 내일은 어떻게 될지 아무도 모른다는 예측 불가능성이 커진다. 과잉된 속도에 지친 몸들, 보람 없는 노동에 대한 반발, 감시와 통제를 향한 정서적 저항이 누적되면서 시대 분위기도 바뀌고 있다.

이처럼 지배적인 감응과 주변화된 감응들이 끊임없이 생성되고 소멸하면서, 시대마다 특유의 감정 구조가 촘촘히 짜인다. 도시 공간은 다양한 정동들이 교차하며 고유한 정동적 아상블라주(assemblage)를 만들어내고 있다.[43] 시대 감정은 단지 삶을 바라보는 태도의 변화가 아니다. 몸의 반응 체계, 감응의 리듬 그 자체를 바꾸는 움직임이다.

부상하는 감정 구조

레이먼드 윌리엄스는 한 시대를 감싸는 독특한 감정을 설명하기 위해 감정 구조(structure of feelings)라는 개념을 제시한다.[44] 문화란 유물이나 화석, 통계 수치가 아니다. 끊임없이 움직이는

"용해된 사회적 경험"이다. 문화는 몇몇 예술 작품이나 지적인 활동에만 머무는 것이 아니라, 한 사회가 공유하는 특정한 생활 방식 전체, 사람들이 세계를 느끼고 반응하는 방식까지를 포함한다. 우리는 과거의 문화를 패턴이나 성격이라는 이름으로 요약해 복원할 수 있다. 그러나 윌리엄스가 포착하려는 것은 한 시대를 통과해온 사람들이 공통으로 살았던 실제적 경험의 결이다.

감정 구조는 구조라는 말이 암시하듯 어느 정도 견고하고 반복되지만, 동시에 우리의 활동 가운데 가장 섬세하고 파악하기 어려운 지점이 있다. 분석가가 보고서로 작성할 수 있는 공식 제도가 아니라, 같은 시대를 살아가는 사람들이 서로 말로 확인하지 않아도 호흡처럼 공유하는 특유의 색조를 띤다.

그 감정 구조를-사회의 성격도 마찬가지지만-공동체의 개인 대다수가 가지고 있다는 의미는 아니다. 그러나 모든 실제의 공동체에서 그것은 매우 심층적이고도 광범위하게 소유되고 있는데, 그것은 의사소통이 의존하는 기반이 바로 감정 구조이기 때문이다. 특히 흥미로운 것은 그것이 어떤 공식적 의미에서 학습되는 것이 아니라는 사실이다. 한 세대가 사회의 성격이나 문화의 패턴에서 다음 세대를 꽤 성공적으로 훈련시킬 수는 있지만, 새로운 세대는 그들 나름의 감정 구조를 가질 것이며, 이것은 바로 어디로부터 온 것으로 보이지는 않을 것이다. 바로 여기서 매우 뚜렷하게 변화하는 사회조직이 유기체

속에 체현된다. 즉 새로운 세대는 그 나름의 방식으로 그들이
물려받은 독특한 세계에 대응하여, 추적할 수 있는 수많은 연
속적 요소를 받아들이고 따로따로 묘사될 수 있는 그 사회조
직의 많은 측면을 재생산하지만, 그들의 삶 전체를 특정한 방
식으로 다르게 느끼며 그들의 창조적 반응을 새로운 감정 구
조로 형성시킨다.[45]

어떤 시대의 본질적인 것을 단순히 주입한다고 해서 그대로
전수되는 것이 아니다. 기성세대는 자신들이 성공적으로 구축해
온 사회의 문법(성장, 경쟁, 성취의 가치 등)을 다음 세대에게 물
려주려 한다. 그러나 청년세대는 기성세대와는 전혀 다른 감각
으로 물려받은 세계를 살아낸다. 예컨대 부모 세대가 물려준 고
도성장 도시를 더 이상 약속의 땅이 아니라, 생존을 위협하는 전
장으로 느낄 수도 있다. 다르게 느낀다. 단순한 세대 차이도, 피
상적인 반항도 아니다. 이전 세대의 감정 규범이 더 이상 통하지
않는 세계에서, 자신의 존재를 지키기 위해 유기체가 본능적으
로 만들어내는 창조적 반응이다. 가르쳐진 질서와 몸으로 체감
하는 현실 사이의 틈새에서 새로운 감정 구조가 부상한다. 도시
는 다양한 감정 구조들, 지배적인 것, 잔여적인 것, 부상하는 것
이 치열하게 맞부딪히는 장소다.[46]

또 다른 예도 가능할 것이다. 즉, 한국의 산업화 세대가 빌딩
숲을 발전이라는 약속으로 바라보았다면, 산업화 이후 세대는

감응도시

같은 풍경을 피로와 불안정성의 풍경으로 경험할 수 있다. 발전이 구가해온 속도와 경쟁의 리듬에 맞지 않는 다른 저항의 감각들, 이를테면 멈춤, 느림, 무위의 행위들이 출현할 수도 한다. 하나의 사례로, 아무것도 하지 않는 멍때리기 대회 같은 행사는 단순한 이벤트를 넘어, 감각의 과부하로부터 잠시 물러나려는 몸의 요구에 대한 집단적 응답으로 읽을 수 있다.[47] 무용(無用)의 시간을 의도적으로 확보함으로써, 타인의 요구가 아니라 자신이 선택한 시간을 충족하려는 것이다. 공원에서 햇빛과 바람 속에 앉아 있는 시간은, 몸을 비우고 감각을 열어둔 채 자신의 존재를 보존하려는 감응적 수행의 일종이다.

정동의 진자는 금세 다른 극단을 향해 움직이기도 한다. 멍때리기가 과열된 회로를 잠시 끊어내는 차단기라면, 이른바 갓생(God+生) 열풍[48]은 꺼져가는 노력의 회로를 어떻게든 다시 돌려보려는 필사적인 자기 관리 프로그램으로 볼 수 있다. 새벽 기상, 분 단위로 쪼개진 과제 목록, 매일 운동과 공부 과정을 SNS에 올리는 인증 행위들. 겉으로 보기에는 갓생이 성실과 성취의 표어처럼 보이지만, 멈추면 곧바로 뒤처진다는 보이지 않는 공포도 깔려 있다. 단순히 성공을 향한 욕망이라기보다, 통제 불가능한 삶 속에서 최소한 내가 나의 시간을 통제하고 있다는 느낌, 효능감을 잃지 않으려는 것이다. 성실함은 여기서 하나의 방어 기제가 된다. 손댈 수 없는 거대 구조 대신, 몸과 시간이라는 작은 세계를 촘촘히 규율함으로써 불안을 눌러보려는 시도일 것이다.

무해해 보이는 멍때리기와 숨 가쁜 갓생은 서로 완전히 다른 현상이 아니다. 동일한 시대 감정의 두 얼굴이라 할 수 있다. 하나는 시스템의 속도를 잠시 거부함으로써, 다른 하나는 시스템보다 더 빠르게 움직임으로써, 각자도생의 파고를 건너려는 전략이다. 두 감정 실천 모두 불안정성이라는 시대 조건에 대한 서로 다른 정동적 응답이다. 시대 감정은 개별적인 선택을 넘어 누군가의 몸을 특정한 방식으로 조율하고 연결하는 보이지 않는 구조를 이룬다. 감정 구조는 우리에게 지속적인 압력을 가하고, 우리는 그 압력 속에서 삶의 한계와 경계를 설정한다.

감응-장-안에-함께-있음

인간과 비인간의 감응-장

시대가 만들어내는 압력뿐 아니라 공간의 기후 역시 우리를 변형한다. 흔히 내가 이런 기분을 느낀다고 말하지만, 어쩌면 지금 이 분위기가 나를 이렇게 느끼게 만든다고 말하는 편이 더 정확할지 모른다. 도시의 정동은 개별 주체 안에만 머무는 것이 아니라 공간 전체로 퍼져 나가 우리를 둘러싼다. 우리의 감각과 행동, 생각의 방향을 미묘하게 조정하며 작동한다.[49]

도시 분위기는 단지 사람들의 심리 상태가 아니라, 사람과 사물, 환경이 서로의 존재에 반응하며 형성하는 공통의 감응-장이다.[50] 결국, 우리가 우리를 둘러싼 물질적 조건 속에 함께 머무

　　　　　　　　　　　　　　　　　　　

는 방식, 다시 말해 하나의 감응-장-안에-함께-있음을 가리키
는 말이다.

여기서 함께 있음의 대상은 나와 비슷한 타인으로만 한정되
지 않는다. 바닥과 벽, 창문과 가구, 공기와 온도, 빛과 소리 같은
환경적 요소들도 함께 있음의 구성원이다. 나의 몸은 타인의 표
정뿐 아니라, 사물이 뿜어내는 질감, 공간의 울림, 온도와 냄새와
같은 요소들과 조율된다. 도시의 분위기란 인간과 사물, 환경이
모두 하나의 행위자로 참여해 만들어내는 공명의 질서라고 할
수 있다. 따라서 분위기란 대상과 나 사이에 놓인 텅 빈 허공이
있는 것이 아니라, 어떤 기운으로 가득 차 있는 감응의 영역이
존재한다.

눈 오는 겨울밤 시위하는 사람들로 가득 찬 광장의 분위기를
떠올려 보자. 비장함은 사람들의 마음에서만 나오지 않는다. 발
바닥을 얼어붙게 만드는 차가운 아스팔트, 입김이 하얗게 흩어
지는 공기, 어둠 속에서 흔들리는 불빛, 스피커를 찢을 듯 울리
는 목소리와 기계음이 어우러진 결과다. 하나의 몸이 다른 몸과
관계를 이룸으로써 광장 특유의 정동적 리듬이 형성되고, 나아
가 역으로 이곳에 있는 사람들에게 영향을 준다. 장소에 어울리
는 몸짓과 감정을 찾아간다. 감응은 장소 전체를 울리는 공통의
집합적 리듬이 된다. 분위기는 물질적인 것과 비물질적인 것, 주
관적인 것과 객관적인 것 사이의 긴장에서 생겨나는 특유의 에
너지라고 볼 수 있다.[51]

분위기는 인간이 있을 때만 존재하는 현상이 아니다. 한강의 소설 『검은 사슴』의 한 장면을 보자.

창문은 모두 깨져 있었다. 깨진 자리마다 찢어진 거미줄이 바람에 펄럭거리고 있었다. 유리에 여러 줄의 금이 간 현관문을 밀고 들어가자 엉망으로 어질러진 사무실의 내부가 한눈에 들어왔다. 뒤집힌 의자들이 싸늘한 콘크리트 바닥에 이마를 박고 있었다. 각종 집기들이 흩어져 있는 책상들 위로 커다란 운동화 자국들이 어지럽게 찍혀 있었다. 그 난장판 가운데서서, 명윤은 폐쇄되기 전 사무실의 풍경이 어떠했을지 짐작해 보았다. 사무를 보러 온 광부들은 은행이나 동사무소처럼 설계된 허리 높이의 칸막이에 팔을 얹고 칸막이 안쪽에 있는 직원들에게 무엇인가를 묻거나 제출하거나 항의하거나 하였으리라. 칸막이 안쪽으로 들어가 자 식당 주인의 말마따나 온갖 것들이 남아 있었다. 캐비닛, 책꽂이, 거기 꽂힌 옥편이며 낡은 국어사전, 방석, 함인이라는 로고가 붙은 짙은 청색 점퍼, 슬리퍼까지 있었다. 그야말로 다들 몸만 가지고 떠난 모양이었다. 그곳은 마치 전쟁이 지나간 자리 같았다. 혹은 재난을 예고 받고 잠시 대피했던 사람들이 모두 몰사당하여 다시 돌아오지 못한 것 같았다.[52]

탄광 산업이 저물고 사람들이 모두 떠난 도시는 마치 유령 도시처럼 황량하다. 깨진 유리창 사이로 우는 바람 소리와 바닥에 내려앉은 검은 탄가루들은, 인간이 떠난 뒤에도 여전히 그 공간의 주인이 되어 특정한 분위기를 뿜어내고 있다. 뒤집힌 채 콘크리트 바닥에 이마를 박고 있는 의자들, 주인이 사라진 옥편과 낡은 슬리퍼는 그 자체로 급박한 단절과 버려짐이라는 정동을 내뿜는 행위자들이다.[53]

폐허의 분위기는 관찰자의 주관적인 상상으로 투사한 풍경만은 아니다. 사물들의 흐트러진 배치와 그 위에 내려앉은 먼지의 두께가 만들어낸 객관적인 실체다. 광부들은 이미 떠나고 없지만, 공간을 점유한 사물들의 물질적 배치는 역설적으로 비물질적인 황량함, 즉 유령 같은 분위기를 낳는다.[54] 인간 주체들이 떠나버렸음에도, 여전히 일상적인 공간에 놓여 있는 것처럼 느껴져 더욱 낯설고 이질적인 감각을 불러일으키는 것이다. 기능을 상실한 채 덩그러니 남겨진 사물들은 과거의 작업 경관(taskscapes)을 환영처럼 지속시키며 기묘한 이질감을 불러일으킨다.[55]

분위기란 한 공간에 모인 존재들을 동시에 휘감는 총체적인 감응의 현장이다. 분위기와 몸 사이에서 일어나는 일을 인간 중심의 인과 해석으로 한정할 수 없다. 인간 주체만이 분위기의 원인이 아니다. 사물과 장소가 원인이 될 수도 있고, (사람) 몸과 (사물) 몸 사이의 얽힘도 원인이 된다. 우리는 개별적 자아를 넘어 다른 존재들과 더불어 얽혀 형성되는 감응-장에 놓인다. 감응 도시는 감응-장 안에서 인간과 비인간, 물질과 비물질, 몸과 몸 사이에서 형성되는 하나의 공통 세계라 할 수 있다.

정동적 정렬과 소외

감응-장-안에-함께-있다는 말이, 우리가 같은 도시에, 같은 모습, 같은 감정으로 살아간다는 의미는 아니다. 예컨대, 불안정성이라는 공통의 대기 속에서 살아가지만, 마음의 모양은 제각각이다. 사라 아메드는 어떤 장소에 진입할 때, 저마다 다른 각도(angle)로 도착한다고 말한다.

> 우리가 그 공간에 도착했을 때 어떤 상태인지, 우리가 어떻게 해서 이 공간이나 저 공간으로 들어가게 되는지, 이런 것들이 우리가 받는 인상에 영향을 미친다. 받는다는 건 동시에 행하는 것이다. 인상을 받는다는 건 인상을 만든다는 것이다.
>
> 그래서 우리는 방으로 들어가 분위기를 느낄 테지만, 우리가 무엇을 느낄지는 우리의 도착 각도에 달려 있다. 혹은 분위기가 특정 각도를 이미 가지고 있다고도 할 수 있다.[56]

하나의 공간에 들어설 때, 우리 몸과 마음이 어떤 상태였는지, 어떻게 그곳에 도착하게 되었는지는 사소해 보이지만 사실 중요하다. 같은 장소에 한때 함께 머물렀더라도 마음의 각도가 다르면, 분위기를 감지하는 방식도 다르다. 실제로 똑같은 현장

감응도시

을 공유했는데도, 서로 전혀 다른 이야기로 기억하는 일은 흔하게 일어난다. 여기서 아메드는 특정한 공간에 이미 오랫동안 축적된 분위기의 문법에 모든 사람이 항상 적합한 반응을 나타내는 것이 아님을 강조한다. 어떤 이에게는 익숙함과 편안함으로 다가오지만, 낯선 이에게는 긴장과 불편함으로 다가온다. 느낌의 차이가 장소의 긴장을 형성하고, 이후 취하게 될 말과 행동에도 영향을 미친다.

중요한 것은, 긴장이 단순한 기분의 차이가 아니라, 하나의 주체가 형성되는 지속적인 수행 과정의 일부라는 점이다. 흔히 사회마다 행복을 주는 (것으로 간주되는) 대상들(이를테면, 특정 지역, 아파트, 결혼, 명품, 특정 라이프스타일 등)이 있다. 그런데 어떤 이에게는 행복의 대상 가까이 있어도 행복을 느끼지 못하기도 한다. 아메드는 동화되지 못하는 다른 정동을 소외 상태라고 설명한다.[57] 사회적으로 좋은 것으로 간주하는 대상에 근접해 있으면서도 정동적으로 정렬되지 못하는 미묘한 긴장이 발생한다. 정동적으로 소외되고 공동체에서 탈구된 것처럼 느낀다. 물론 반대로 자연스럽게 동조하고 정렬될 수 있다. 정렬된 감정 속에서 우리는 하나의 정동적 공동체 안으로 편입된다.

차이의 공통 세계

어떤 공간에 들어섰을 때 무엇이 일어날지, 어떻게 느끼게 될지 미리 단정하는 것은 거의 불가능하다. 한 장소의 분위기를 하나의 고정된 색으로 이해하기보다, 서로 다른 느낌들이 동시에 공존하고 얽히는 차이들의 조합과 관계성으로 이해할 필요가 있다. 마수미는 정동 정치를 논하며, 이런 차이를 지우지 않고 함께 감응을 형성하는 미분적 조율의 중요성을 강조한다.

문제는 장 안에서, 즉각적으로, 무슨 일이 일어나는가입니다. 제가 보기엔 개체적으로 각각의 개별적 위치 지정이 아니라, 타자들과 일종의 미분적 조율을 위해 긴장하고 있는 것입니다. 우리는 모두가 함께 사건에 들어가 있습니다. 그러나 서로 다르게 함께 들어가 있습니다. 우리들 각자에는 서로 다른 일련의 경향성들, 습관들, 행동 가능태들이 딸려 있습니다. 이것이 바로 미분적 조율의 의미입니다. (중략) 조율은 사건으로 인한 주의(attention)와 에너지의 직접적인 포착을 지칭합니다. 미분적(differential)이라는 말은 우리가 사진 속으로 서로 다른 각도로 진입하고, 우리 자신의 특이한 궤도를 따라 거기서 빠져나오며, 우리 자신의 독특한 방식으로 파도를 탄다는 사실을 지칭합니다. 그것은 우리가 함께 주의하도록 낚아채는, 그리고 우리의 다양성을 그것이 가져올 정동적 임무와 연관 짓고, 전체 상황에 활기를 주는, 사건의 관념입니다. 그리고 이 사건은 몸의 직접적인 반응들과 우리의 생각하는 능력이 서로 간에 매우 직접적으로 묶여 있기 때문에 서로에게서, 또는 그 사건의 활기로부터 떼어낼 수 없는 수준에서 발생한다는

     감응도시

것입니다.[58]

정동의 관점에서 중요한 물음은 장 안에서 무슨 일이 일어나는가이다. 우리는 모두 하나의 사건 속으로 들어가 있지만, 동시에 "서로 다르게 함께 들어가" 있다. 저마다 다른 경향, 습관, 행동 가능태들이 따라붙는다. 미분적 조율이란, 서로 다른 궤도와 속도들이 하나로 합쳐져 차이를 지워버리는 융합이 아니다. 각자의 차이를 온전히 유지한 채 같은 사건에 함께 주의를 기울이고, 같은 파도를 각자의 방식으로 타는 역동적인 상태를 가리킨다.

감응-장에서의 사건은 몸의 직접적인 반응들과 생각하는 능력이 분리되지 않고 긴밀하게 맞물리는 순간이다. 몸과 사유는 사건의 활기에서 떼어낼 수 없다. 직접성 속에서 사건은, 누구도 똑같은 존재로 획일화하지 않으면서도 공간에 들어온 이들을 조율한다. 나와 타자, 몸과 몸 사이에 미세하게 포개진 공통 세계를 만들어낸다.

다시 광장을 떠올려 보자. 집회에서 느껴지는 열기는 결코 하나의 감정이 아니다. 서로 다른 삶의 궤도를 가진 사람들이, 서로 다른 이유로 같은 장소에 모여, 한 사건에 주의를 모은다. 차이를 지우지 않은 채 공명한다. 그럴 때 광장은 하나의 거대한, 살아 있는 공통 세계로 변모한다. 몸으로 밀려오는 진동과 긴장 속으로 휘말리면서 비로소 무엇을 바꿔야 하는가, 어떻게 참여할 것인가를 생각하기 시작한다. 서로의 생각이 논리적으로 완벽하게 일치할 필요는 없다. 모든 것을 예상하고 들어오는 것도 아니다. 말과 논의를 통해 모든 입장을 하나로 일체화하는 일은 애초에 거의 불가능에 가깝다.

마수미가 말한 미분적 조율이 일어나는 지점은 바로 여기다. 조율이란 모든 악기가 똑같은 소리를 내도록 강요하는 것이 아니다. 악기마다 고유한 음색(차이)을 유지한 채, 다른 악기와의 관계 속에서 하나의 흐름과 화음을 이루는 과정이다. 앞서 예로 들었듯, 광장에 모인 사람들도 마찬가지다. 우리는 저마다 다른 삶의 배경과 고통의 강도를 지니고 있지만, 서로의 진동에 민감하게 반응하며 거대한 정동의 파도에 함께 올라탄다. 너와 내가 같아서가 아니라, 다름을 품은 채 서로의 리듬에 접속했기에 비로소 연결되는 것이다.

감응 도시는 차이를 미분적으로 조율하는 공통 세계다. 차이를 소거하지 않고 서로의 주파수를 맞추어, 하나의 사건을 함께 통과하는 경험이다. 서로 다른 존재들이 부딪히고 어울리며 잠시 함께 머무는 감응-장.

Ⅱ. 불안정성 사회의 감응

불안정성 사회에서
안전망이 사라진 자리는 각자도생의 의무로 채워진다.
원인은 구조에 있지만, 책임은 개인의 몫이다.
불안정성은 예외 상태가 아니다.
상수이자, 도시의 기후다.

4. 마주침을 상실한 도시의 미래 –《기생충》

성(城)으로 간 K들

카프카의 K, 봉준호의 K

"우리는 우리 안의 성에서 어떻게 탈출할 것인가." 앤디 메리필드는 카프카의 미완성 소설 『성』을 빌려와 마주침의 정치를 논하며 질문을 던진다.[59] 소설 속 주인공 K는 성의 초대를 받고 어느 날 마을에 도착하지만, 끝내 환대받지 못한다. 초대되고 거부당한다. 성은 K에게 길을 열어주지 않는다. K는 성을 하염없이 바라보며 다가가려 하지만, 도달할 수 없다. 마을 사람들조차 성의 실체를 모른다. 성을 위해 일하는 성의 사람들이지만, 성의 전모를 파악하지 못한다.

역설적인 것은 성에 진입하지 못할수록 K가 더 강력하게 성에 얽매이게 된다는 점이다. 끊임없는 거부는 지속적인 무력감을 낳고, 모든 관계를 의심하게 만든다. 세계는 점점 성을 향한 단방향으로만 조직된다. 타인의 삶은 배경으로 밀려나고, 모든 것은 성에 닿기 위한 수단으로 환원된다. 그렇게 K는 성으로 들어가지 못한 채, 성에 종속되고 성에 갇힌다.

메리필드는 이러한 부조리한 역설을 오늘날 자본주의 세계의 알레고리로 읽어낸다. 성을 자본주의 도시의 권력 구조로, K를 그 안에서 살아가는 평범한 우리들의 형상으로 전유하는 것이다.

봉준호 감독의 영화 《기생충》(2018)에는 카프카의 K를 닮은 인물들이 등장한다. 기택(K), 기우(K), 기정(K). 이름 이니셜이 K로 시작하는 이들 역시, 각자의 방식으로 높은 곳의 성채 안으로 들어가기 위해 필사적으로 통로를 찾는 존재들이다.[60] 결정적인 차이는 있다. 카프카의 K가 끝내 성 앞에서 발걸음을 멈춘다면, 봉준호의 K들은 마침내 입성(入城)한다. 정식 초대장을 받고도 성으로 들어가지 못했던 카프카의 K와 달리, 봉준호의 K들은 위조와 기만, 일종의 사기극을 통해 성의 문을 연다. 성의 주인 역시 더 이상 봉건적 귀족이 아니라, 자본주의 도시에서 성공을 상징하는 글로벌 IT 기업의 CEO로 대체되어 있다.

유리로 된 성, 눈의 가족

《기생충》의 성은 이제 유리로 되어 있다. 성을 극적으로 만드는 장치는 유리-스크린이다. 유리이기 때문에 내부를 훤히 들여다볼 수 있다. 하지만 투명함 자체가 역설적으로 가장 강력한 차단막이 된다. 유리는 안쪽의 삶을 과시적으로 전시하면서도, 결코 문을 열어주지 않는 스크린으로 기능한다.

기택이 박 사장(동익)의 운전기사로 취직하기 위해 면접을 보는 장면에서 유리 벽은 존재감을 드러낸다. 우아하고 경쾌한 클래식 선율과 함께 기택은 동익의 사무 공간으로 들어선다. 그의 걸음은 동익이 일하고 있는 공간을 가르는 유리 벽 앞에서 멈춘다. 유리 너머의 동익은 개방적이고 여유로운 젊은 CEO의 이미

지를 연출한다. 유리 안쪽과 바깥쪽의 공기는 다르다. 두 공간을 감싸는 정동적 분위기가 다르게 감응된다. 유리 벽은 동익을 성공한 사람, 기택을 평범한 사람으로 나누어 보도록 만든다. 둘은 서로를 바라보고 있음에도 실질적인 마주침은 일어나지 않는다. 카프카의 성이 내부를 알 수 없는 불투명한 폐쇄 공간이었다면, 지금의 성은 모든 것을 보여주지만, 여전히 닿을 수 없는 투명한 불통의 성이다.

영화 속에서 유리-스크린이 만들어내는 또 다른 장면은 눈의 가족이다. 다송의 생일파티 날, 기우는 동익의 집 2층 창가에 서서 바깥 풍경을 내려다본다. 정원에는 파티를 위해 초대된 사람들이 모여 있고, 햇빛과 웃음소리가 어우러진 장면이 하나의 이상적인 행복의 풍경처럼 펼쳐진다. 기우는 창밖을 보며 다혜에게 묻는다. "나, 여기 어울려?" 과외선생 케빈이라는 거짓 신분은 영원히 유지될 수 없다. 원하던 행복의 장면이 눈앞에 펼쳐져 있지만, 기우는 그 풍경 속에 자신이 온전히 속할 수 없음을 알고 있다.

기우에게도 창문은 세상과 통하는 통로가 아니라, 그저 유리-스크린일 뿐이다. 그는 정원의 화사한 사람들을 눈으로 보고, 같은 공간에 있는 듯 느끼지만, 근접성은 오직 스크린 안에서만 허용된 가짜 친밀함이다. 앤디 메리필드는 이렇게 투명한 스크린(미디어의 화면)을 사이에 두고 서로의 삶을 응시하지만, 결코 물리적으로 닿을 수 없는 비대칭적 관계를 눈의 가족이라

                    감응도시

명명한 바 있다. 《기생충》의 유리-성은 바로 이 눈의 가족이 살아가는 장소, 서로를 끊임없이 바라보면서도 함께-살기는 허락하지 않는 세계의 풍경을 시각적으로 형상화한다.[61]

유리-스크린으로 구성된 시각의 체계는 자동차 내부 장면에서 비슷하게 변주된다. 운전석(기택의 자리)과 뒷좌석(동익과 연교의 자리 사이) 사이에는 사실상 어떤 진정한 마주침도 허용되지 않는다. 시선은 앞쪽을 향해 단방향으로 배치되고, 대화 역시 단절되거나 일방적이다. 화면 속에는 운전자와 탑승자가 한 프레임 안에 잡히지만, 서로의 얼굴을 마주 보는 순간은 거의 없다. 룸미러에 비친 눈빛, 반사된 시선이 스치듯 지나갈 뿐이다. 관계는 언제나 간접적이고 미끄러지며, 오인되기 쉬운 시선의 교차로만 구성된다.

같은 구도가 다른 장면에서도 반복된다. 다송의 생일파티 날, 지하 벙커에서 탈출해 올라온 근세가 파티에 모인 사람들 뒤편에 서 있는 장면이 대표적이다. 정원의 인물들은 모두 무대 중앙의 생일파티 주인공을 바라보도록 배치되어 있고, 근세는 모두의 시선에서 비켜난, 프레임의 후경(後景)에 서 있다. 시나리오 지문에는 근세가 약간 수줍어하는 얼굴로 서 있다고 적혀 있지만, 더 중요한 것은 앞쪽 인물들이 구조적으로 뒤편의 그를 볼 수 없게 배치되어 있다는 점이다. 보는 자와 보이지 않는 자, 응시의 전면과 후면이 분리되는 시각의 위계가 다시 한번 반복된다.

이러한 시각의 체계에서 볼 때, 기택이 동익의 차를 몰며 "이것도 동행 아닐까"라고 말하는 장면은, 실은 기택 쪽에서만 유지되는 착각이자 상상에 가깝다. 진정한 마주침이 일어나지 않는한, 그들의 관계는 결코 동행이 될 수 없다. 성공한 CEO인 동익에게 가족은 자신의 사적 영역이며, 그 바깥의 인물들은 어디까지나 관리해야 할 타자들이다(물론 가족 역시 관리 대상이긴 마찬가지다). 그는 가족 이외의 누구도 그 선을 넘어와서는 안 된다고 믿으며, 집에 고용된 사람들을 언제든 교체할 수 있는 "쌔고 쎈" 사람들 가운데 하나로 인식한다. 관계는 언제든 교체할수 있는 고용 계약으로 대체된다. 타자와의 만남은 일시적이고얕다.

이 지점에서 다시 카프카와 봉준호의 성을 나란히 놓아볼 수있다. 카프카의 K가 끝내 성에 도달하지 못한 채 주변을 선회하는 인물이라면, 봉준호의 K들은 너무도 손쉽게, 그리고 너무도빠르게 성의 문턱을 넘는다. 그러나 문턱을 넘는 순간, 그들이 마주하는 것은 텅 빈 기표처럼 공허한 성의 실재뿐이다. 성에도 그저 성을 지키고 유지하려는 맹목적인 욕망만이 존재할 뿐이다.

봉준호의 K들은 성의 사람들을 마치 가족처럼 대하지만, 끝까지 눈의 가족에 머문다. 서로의 삶은 유리-스크린을 사이에두고 전시될 뿐, 정동이 교차하는 진짜 공존으로 이어지지 않는다. K를 위한 자리는 성에 없다. 유리로 구획된 성을 볼 수는 있지만 속할 수는 없다. 《기생충》의 유리-성은, 함께 있으나 함께거주함을 상상하지는 않는 구조, 불평등한 공존의 도시 형식을 적나라하게 드러내는 극장이라고 할 수 있다.

마주침 없는 스침

감응의 분할

영화는 공간의 분할에서 감각의 분할로 분화해 간다. 공간의 분할은 투명한 유리창과 유리-벽을 통해 이루어진다. 유리-벽은 도시 공간에서 누가 무엇을 어디까지 볼 수 있고, 무엇을 어떻게 느낄 수 있는지를 가르는 보이지 않는 경계이자, 위계적인 시각 체계를 조직하는 장치다. 이러한 공간의 분할은 자크 랑시에르가 말하는 감각적인 것의 분할로 설명할 수 있다.[62] 여기서 분할이란 공동체의 몫을 서로 나누어 갖는다는 의미이면서 동시에, 그 몫을 가르는 배제의 경계라는 뜻을 함께 지닌다.《기생충》의 공간들은 철저히 분리되어 있다. 탁 트인 전망과 성공, 햇살이 동익의 집이 차지한 몫이라면, 취객과 곱등이, 곰팡이, 소독차, 어두침침한 풍경은 기택의 집에 배분된 몫이다. 이처럼 공간이 가시적으로 분할되는 순간, 감각 역시 위계적으로 구분된다. 냄새라는 보이지 않는 정동적 질이 이러한 공간의 분할을 한층 강화한다.

동익의 막내아들 다송은 냄새를 통해 기택 가족의 비밀에 다가선다. 그는 그 냄새가 무엇을 의미하는지 알지 못한 채, 다만 이들이 냄새가 같다는 사실만을 감지한다. 영화는 이 냄새를

(기정의 대사를 통해) 기택 가족이 사는 반지하 냄새로 명명한다. 동익과 아내 연교는 이것을 또 다른 언어들로 번역한다. 지하철 타는 사람들의 냄새, 무말랭이 냄새, 노인 냄새, 행주 삶는 냄새… 조금씩 표현은 다르지만, 모두가 한 방향을 가리키고 있다.

냄새는 단순한 후각적 정보가 아니라, 계층을 구분하는 정치적 장치가 된다. 사회적 계층 간의 몸을 구별 짓는 기제로 기능한다. 고용주(동익)와 피고용인(기택) 사이에 넘어서는 안 되는 선으로 재구성된다. 동익은 끊임없이 자기 바깥에 선을 긋는다. 냄새조차 그 선을 넘어와서는 안 된다. 선을 넘어온 냄새는 무례한 침범이며, 용납할 수 없는 것이다. 그러나 냄새-선이란 본질적으로 눈에 보이지 않는다. 동익은 말로, 암시로, 반복적인 언설과 노골적인 불쾌감의 표현을 통해 끊임없이 강조한다.

자본주의 사회에서 표면적으로는 모든 사람이 시장 앞에서 평등한 개인으로 취급된다. 신분제는 사라졌고, 노골적인 계급 구분 역시 공적 언어에서 배제된 것처럼 보인다. 남는 차이는 성공과 실패, 성공과 평범의 차이뿐이다. 그러나 둘의 차이는 언제든 뒤집힐 수 있는 유동적인 것이기에, 성공을 독점하려는 쪽에서는 무엇보다 성공과 평범이 서로 섞이지 않도록 관리하는 것이 중요해진다.

선은 보이지 않는다. 그러나 분명 작동한다. 냄새-선이 실재하기 때문이 아니라, 보이지 않는 냄새와 구별 짓는 선이 결합하면서 정동적 가치를 획득하기 때문이다. 동익과 연교의 대사를 통해 드러나는 냄새-선은 기택 안에서 수치와 분노, 자기연민 등 부정적 정동을 강렬하게 만든다.

선은 넘어서는 안 된다는 동익의 말에서 알 수 있듯, 냄새는 더 이상 중립적 감각이 아니다. 동익의 말은 기택의 피부에 새로운 경계선을 다시 새긴다. 기택을 동익으로부터 구별 짓는 계층적 피부를 만든다. 어떤 냄새인지는 중요하지 않다. 중요한 것은, 냄새-선(정동-기호)이 기택의 몸을 통과함으로써 다른 정동이 생성된다는 점이다. 기택이 자신을 박 사장과 다른 존재, 계층적 차이를 지닌 이방인으로 소외시킨다. 이제 동익과 기택 사이에는 보이지 않지만, 뚜렷한 경계/전선(戰線)이 설정된다.

냄새-선은 이 영화 속에서 포함과 배제의 논리로 구현된다. 선 안과 선 밖은 위생과 불결이라는 서로 다른 몫을 할당받는다. 내부는 통제되고 관리되는 청결의 공간이고, 외부는 언제든 오염이 침투할 수 있는 무질서의 공간이다. 따라서 안과 바깥은 섞여서는 안 된다. 위생적으로 정화된 내부를 위협하는 것은 바깥이다. 바깥은 잠재적 위험이 상주하는 곳이다. 냄새-선이 작동하는 정치적 정동 역시 위생과 치안의 구분을 통해 가시화된다.

기택 가족이 문광(집사)을 내쫓기 위해 꾸민 계략 역시 이 위생과 치안의 정동을 정교하게 활용한 것이다. 간계를 통해 기택이 그녀(문광)를 위험한 존재, 관리해야 할 오염원으로 구성함으로써, 즉 외부화함으로써, 집 안의 질서를 지킨다는 명목 아래 연교가 문광을 해고하게 만든다.

예측 불가능성의 예측 가능성

감응의 분할은 비 오는 날 밤, 가장 극단적인 방식으로 실체를 드러난다. 비극은, 거실 통유리 너머에서 감상하는 운치 있는 비 오는 날의 풍경과 오물이 역류하는 반지하의 아수라장 사이의 간극에서 발생한다. 두 세계 사이에는 공통 감각도, 공유될 수 있는 현실도 없다. 이재민으로 체육관 바닥에 누워 있는 기택과, 자녀의 생일파티를 기획하는 동익 가족 사이에는 교감이 존재하지 않는다.

수해를 입은 기택에게 내일을 가늠할 만한 근거는 아무것도 없다. 그가 확신할 수 있는 것은 오로지 아무것도 예측할 수 없다는 사실뿐이다. 그래서 그는 계획하지 않기로 계획한다. 무계획만이 세울 수 있는 유일한 계획이 된다(그림 1).

그림1　영화《기생충》스틸컷. ⓒ CJ ENM.

너… 절대 실패하지 않는 계획이 뭔 줄 아니? 무계획이야 무계획. 노 플랜. 왜냐, 계획을 하면… 반드시, 계획대로 안되거든. 인생이. 여기두 봐봐. 이 많은 사람들이 오늘은 떼거지로 체육관에서 잡시다 계획을 했었겠냐? 근데 지금 봐. 다같이 마룻바닥에서 쳐자고 있잖아. 우리도 그렇고. 그러니까, 계획이 없어야돼 사람은…계획이 없으니까, 뭐가 잘못될 일도 없고 또, 애초부터 아무 계획이 없으니까, 뭔 일이 터지건 다 상관이 없는거야… 사람을 죽이건, 나라를 팔아먹건… 씨발, 다 상관 없다 이말이지, 알겠어.[63]

피로와 허무가 뒤섞인 얼굴로 눈을 가린 채 말하는 기택은 "절대 실패하지 않는 계획"을 세운다. 아무런 계획도 세우지 않음으로써, 실패를 예감해야 하는 끝없는 무기력의 순간들 자체를 차단하고자 하는 것이다. 기택의 정동 상태는 시나리오 지문에서 더욱 선명해진다.

피로와 싸늘함이 뒤섞인 얼굴로 나지막이 읊조리는 기택, 생전 처음 보는 아버지의 그러한 모습에 섬찟- 무서움을 느끼는 기우, 산수경석을 더욱 꽉 끌어안으며 움츠러든다.

늘 어떻게든 버텨온 인물이었지만, 기택은 이제 오늘 하루의 계획조차 세울 수 없는 인생 앞에서 철저하게 무기력해진다. 자신의 의지로 삶을 통제할 수 없다는 감각, 반복되는 실패의 정동이 이미 깊게 축적되어 있던 상태에서 수해는 결정타가 된다. 정동들은 합리적인 인과로 엮이지 않으면서도, 결국 서사를 파국으로 밀어 올리는 보이지 않는 압력으로 작동한다. 살인의 참극이 벌어지기 직전, 기택은 바로 그러한 정동의 극적인 조합 안에 들어가 있었다.

이렇게 형성된 불안과 무기력의 정동은, 연교가 다송의 생일 파티를 위해 준비한 서프라이즈와 맞물리며 또 다른 결을 띠기 시작한다. 지문은 다음과 같이 묘사한다.

어젯밤 사건들과 최악의 물난리, 이른 아침 연교의 설레발을 거쳐, 이젠 인디언 코스프레까지 당하고 있는 기택, 심신이 너덜너덜⋯ 탈진한 얼굴로 장난감 도끼를 들고 있다.

수해와 파티, 재난과 축제가 한 몸에 뒤섞인 기묘한 상황 속에서 기택의 내풍경은 더욱 뒤틀리고 균열한다. "애 많이 쓰시네요, 대표님두."라는 기택의 말은 동익을 향한 농담처럼 들리지만, 사실상 자기 자신에게 건네는 연민 섞인 독백에 가깝다. 뉘앙스를 감지한 동익으로 둘 사이의 공기는 싸늘하게 변한다. 이 미세한 정동의 변화가 결국 이후의 폭발을 예비하는 마지막 균열로 작동한다.[64]

기택의 충혈된 두 눈으로, 황급히 달려오는 동익의 얼굴이
보인다.

피흘리는 충숙의 몸을 들춰 벤츠 스마트키를 찾는 동익…
연교만큼이나 패닉이 된 얼굴이다. 연이어 근세의 몸뚱아리를
들춰올려 마침내 벤츠 키를 찾아내는 동익. 그 순간 근세의 몸
에서 심한 악취를 느꼈는지… 눈을 찌푸리며 코를 막는다. 동
익의 그 순간이 기택의 눈을 찌른다.

순간, 눈빛이 확 바뀌는 기택…[65]

이렇게 억눌리고 쌓인 정동은 한동안 풍경의 표면 아래 숨죽
이고 있지만, 어느 순간 예고 없이 폭발한다. 기택의 몸에 반복적
으로 축적돼 온 어떤 감응들이 부정확한 대상을 향해 발산된다.
기택에게, 동익이 코를 막는 동작은 단순한 기호 이상의 것이 된
다. 기택의 몸에 반복적으로 축적돼 온 감응들이 제스처를 기점
으로, 치솟는다.

수치와 자기연민, 희망 없음, 계획 없음, 집 없음, 선망이 뒤엉
킨 정동의 덩어리가 더 이상 머물 곳을 찾지 못하고, 가장 가까
이에 있는 몸을 향해 폭발하듯 쏟아져 나오는 것이다. 아무도,
심지어 기택 자신도 이유를 정확히 알지 못했다. 사후적으로만
떠올릴 수 있다. 분명한 것은, 냄새라는 정동적 물질이 보이는 것
보다 더 많은 진실을 품고 있다는 점이다. 냄새는 보이지 않는 선
을 먼저 넘어 몸 안으로 스며들고, 말이 도착하기 훨씬 전에 이

미 존재의 상태를 알려주고 있었다. 기택에게 냄새는 하나의 정동적 사건이다. 다만 (우리가) 신호를 해독하지 못했을 뿐이다.

감응의 신호를 찾아서

타자의 삶을 읽는다는 것

감각이 분할된 도시, 공통 감응이 사라진 마주침 없는 사회에서도, 가능성은 있다. 완전히 사라진 것은 아니다. 다송은 극중에서 가장 많이 관찰하고, 가장 깊이 느끼며, 심지어 느낌을 기록하는(그림 그리는) 존재다. 어리지만 주변 환경과 어른들의 삶에 예민하게 감응한다. 이는 다송이 자신을 둘러싼 세계를 감응할 수 있는 역량을 지녔다는 뜻이기도 하고, 동시에 타인의 삶에 꾸준히 관심과 주의를 기울이고 있다는 징표이기도 하다. 보고 있어도 감지하지 못하는 어른들과 대비된다(그림 2).

다송의 감응 역량은 근세와의 마주침을 계기로 한층 증폭된다. 지하실에서 올라오던 근세와 맞닥뜨린 충격적인 사건 이후, 다송은 세계를 냄새 맡고, 보고, 듣고, 그리는 존재가 된다. 보이지 않는 것, 언어로 재현될 수 없는 유령 같은 존재와 마주치면서, 세상의 표면 아래 숨겨진 진실을 추적하기 시작한다. 이미 다송의 그림 속에는, 아래에서 위로 향하는, 지하에서부터 누군가 올라왔음을 표현하는 노란 화살표가 그려져 있다. 다송은 벙커의 인물 근세의 존재를 그렸다.

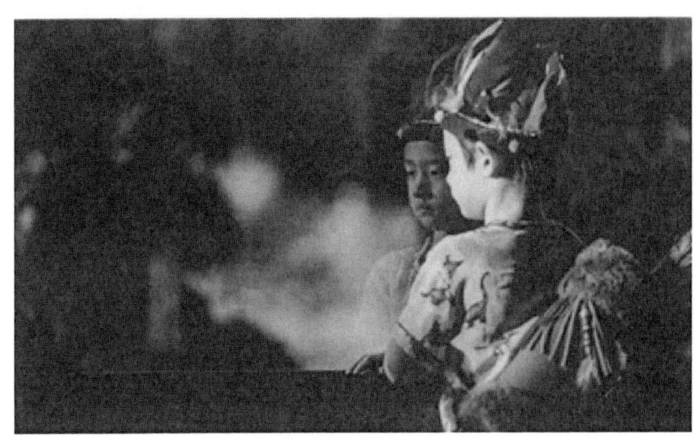

그림2 《기생충》 스틸컷. ⓒ CJ ENM.

#110. 부자집. 지하 비밀공간. 밤

어두운 지하공간… 벽에 붙어있는 스위치를 미친듯이 이마로 찧고있는 근세의 섬칫한 모습.

이마에 철철 흐르는 피와 눈물 콧물이 뒤범벅된 근세의 얼굴로 다가가는 화면. 문광은 숨이 멎은 채 바닥에 굳어있다. 고통과 분노에 가득찬 근세, 계속 센서등 스위치를 이마로 찧는다.

#110. 부자집 마당. 텐트. 밤

텐트 지퍼를 열고 거실 쪽을 보는 다송. 계속 깜빡이는 현관 앞 센서등을 의아하게 바라본다. 깜빡깜빡 박자에 따라, 길고 짧은 선분과 점을 공책에 그려보는 다송이. 스카우트 수첩의 모르스부호 표를 보며 자음 모음 변환을 해보지만, 단어는 이뤄지지 않는다. 퍼붓는 빗줄기 속 더욱 격렬히 깜빡이는 전등을 향해 다가가는 카메라. 불안한 음악 선율 최고조에 도달한다.

세상을 향한 관심은 새로운 언어를 배우는 일과도 같다. 아이는 어른들이 대수롭지 않게 지나친 불빛의 깜빡임이 사실은 누군가의 절박한 목소리였음을 무의식적으로 알아차린다. 빛의 점멸이라는 시각적 신호를 다송은 모스부호라는 문자로 번역한 최초의 인물이다.

평소 근세는 동익의 퇴근 시각에 맞춰, 발신자는 있지만 수신자가 읽을 수 없는 전언을 규칙적으로 쏘아 올렸다. 위 예문에서 근세가 내보내는 모스부호는 이전과 다르다. 신호는 뒤엉키고, 호흡은 무질서하다. 하지만 어느 때보다 강렬한 빛을 뿜는다. 아내의 죽음 앞에서 바깥을 향해 외치는 절박한 구조 요청이었기 때문이다. 누군가에는 단순한 깜빡임에 불과한 그것을 다송은 언어로 받아들인다. 모든 언어가 그렇듯, 모스부호 역시 그것을 읽을 줄 아는 이가 없으면 의미도 지닐 수 없다. 모스부호는 다른 언어 체계보다 더 남다른 학습을 요구한다. 말 그대로 소수의 언어다. 다송은 격렬히 깜빡이는 센서등의 불빛이 누군가의 말임을 직감한다. 자신이 만든 유령의 메시지일 수 있다고 느낀다. 받아 적는다. 하지만 여전히 의미는 해석될 수 없다. 전달되지만 아무도 읽지 못한다. 이 장면은, 수해를 입은 반지하의 집 형광등이 깜빡거리며 점멸하는 장면과 교차한다. 벙커와 반지하에서 보내는 모스부호다. 절박하지만 누구도 기호로 받아들이지 않고 무심히 지나치는 불빛이다.

극 중 모스부호는 도시의 안 보이는 곳, 깊은 곳, 어둠 속에서 있는 사람들이 지상을 향해 발신하는 구조 신호와 같다. 도시의 마주침이란 타자의 언어, 삶, 느낌을 해독하기 위한 일과 같다. 정동은 타자가 우리 몸에 남기는 흔적이자 그 효과다. 마주침이 사라진 눈의 사회에서 감응은 점점 더 희미해진다. 타자를 향한 감응의 역량을 회복하는 일이 도시에서 왜 정치적이고 윤리적인 문제인지, 빛의 점멸 장면이 상징적으로 보여주고 있다.

오르거나 내려가거나, 계단은 하나다

박 사장의 저택은 집요하리만큼 아래에서 위를 올려다보는 앵글로 포착된다. 관객의 시선은 기우의 발걸음을 따라 언덕과 계단을 오른다. 반대로 기택 가족의 집으로 향할 때 카메라는 끝없이 내려가는 계단을 따라 반지하로, 다시 더 아래 벙커로 하강한다(그림 3). 극 중 도시는 벙커-반지하-(지상)-언덕으로 이어지는 하나의 수직 구조로 구성된다.[66]

모두가 계단 어딘가에 서 있다. 계단은 올라가거나 내려가는 두 동작만 허용한다. 올라간 사람에게는 내려가는 사람이 보이지 않는다. 내려간 사람은 자신보다 위쪽에 있는 사람만 바라다

보기에, 더 아래쪽은 보지 못한다. 그렇게 하여 계단이 하나라는 사실은 감춰진다. 계단 사회에 익숙해질수록 위쪽과 아래쪽의 공기마저 다르다고 믿는다. 위와 아래라는 계층의 정동이 오랫동안 몸에 익숙한 것으로 자리 잡아 왔기에 계단이 하나라는 사실을 믿지 않는다. 계단 위 사람들은 오로지 위와 아래라는 수직적 질서에만 민감하다. 다른 것에는 무심하다. 수직으로 구성된 세계에서 진정한 마주침이란 기대할 수 없다. 마주침을 상실한다. 오직 일시적인 스침과 상승의 욕망만이 자본주의 사회를 지탱하는 유일한 힘이다.

역설적인 것은, 하지만 계단은 하나라는 사실일 것이다. 계단 위의 삶이 서로 다른 공간에 살고 있는 것으로 느끼지만, 실은 모두 결국엔 하나의 계단 위에서 살아가고 있다. 누군가는 올라가고 누군가는 내려가고 있지만, 자본주의식 계단-도시에서 아래와 위가 영구히 서로를 분리할 수 없다. 연결된 세계다. 지상과 지하, 멀리 떨어져 두 개의 세계처럼 보였던 공간들이 사실은 모두 같은 계단 위의 풍경이었을 뿐만 아니라 서로를 필요로 한다. 위와 아래의 공간이 사라지면 계단의 논리는 무용하다.

이런 의미에서 연교가 말하는 믿음의 벨트는 하나의 환상이다.

연교 나 이제 사람을 못믿잖아. 잘 아는 사람 소개가 아닌 담에는 진짜루 못믿겠어. 근데 그 분은 제시카 쌤이 어릴때부터 쭈욱- 봐온 분이니까… 이게 얼마나 마

감응도시

그림3 《기생충》 스틸컷. ⓒ CJ ENM.

음이 놓이냐구, 일단! (기정: 진짜 만나 보시겠어요? 아 유 시리어스?) 아임 데들리 시리어스. 믿는 사람 소개로 연결, 연결 이게 베스뜨인거 같어! 일종의 뭐랄까… (이상한 손동작 하며) 믿음의 벨트[67]

눈으로 서로의 삶을 바라보면서도 결코 만나지 못하는 눈의 가족이 가족이라 부르기 어려운 것처럼, 마주침 없는 사회의 믿음은 언제든 끊어질 수 있는 가느다란 끈에 불과하다. 빈자든 부자든, 오르거나 내려가는 두 가지 선택만 허용된다. 세계가 거대한 하나의 계단으로 구성되는 한, 취약함과 불안에서 자유로운 삶은 누구에게도 주어질 수 없다.

상층과 하층을 가리지 않고 모든 사람은 자본주의식 계단의 규칙에 종속된다. 성의 사람들이 모두 성에 종속된 삶을 살아가는 부조리함에 놓이게 되듯이. 윤 기사가 해고된 자리에 기택이, 집사 문광이 밀려난 자리에 충숙이, 지하의 근세가 머물던 공간에는 다시 기택이 들어온다. 기택과 근세, 두 사람 모두 한때는 번듯한 자영업자였으나, 계단에서 미끄러진 뒤 지하의 유령이 된다. 이들은 중산층이었던 존재들이다. 이 섬뜩한 자리바꿈은 예외를 남기지 않는다. 박 사장 가족이 떠난 집에는 또 다른 외국인 CEO 가족이 입주한다. 마치 하나의 거대한 컨베이어벨트처럼 계단 위의 삶은 자리만 바뀔 뿐, 누구도 완전하게 안전한 층에 정착하지 못한다. 한 발만 헛디뎌도, 누구라도 아래층으로 미끄러져 내려갈 수 있다. 이것이 계단-도시의 유일한 확실성이다.

그러므로 믿음의 벨트는 유리-성의 허약성을 드러내는 말이다. 성에는 진짜 주인이 없기 때문이다. 주인이라는 기호, 텅 빈 기표가 있을 뿐이다. 누구든 안심할 수 없다. 잠시 좋은 위치를 차지할 수는 있다. 하지만 영원히는 아니다. 위와 아래라는 위상학은 우리 사이에 함께 거주한다는 감각을 뿌리내리지 못 하게 만드는 요인 중 하나다. 계단 위의 삶은 서로를 딛고 오르내리길 반복할 뿐 끝내 함께 설 자리를 만들어내지 못한다. 목표가 오로지 위로 오르는 행위에 묶여 있는 한, 함께 거주함의 가능성은 찾을 수 없다. 마주침 없는 도시의 슬픈 진실이다.

5. 발전 도시의 생존자들 —《콘크리트 유토피아》

발전주의 시대의 감정 구조

세계가 파괴된 어느 날, 지평선 끝까지 펼쳐진 잿빛 폐허 속에 오직 하나의 건물이 기적처럼 서 있다. 황궁 아파트 103동. 영화《콘크리트 유토피아》(엄태화 감독, 2023)가 보여주는 이 압도적인 미장센은 단순한 재난 영화의 배경을 넘어선다. 마치 지난 반세기 동안 한국 사회가 맹렬히 추구해 온 가치가 무엇이었는지를 증언하는 거대한 비석처럼 보인다. 왜 하필 아파트인가? 그리고 왜 아파트는 무너지지 않는가? 질문에 답하기 위해 우리는 한국 사회의 특수한 역사적 맥락, 발전주의라는 서사의 기원으로 돌아가 근원을 탐색해야 한다.

아파트라는 트로피

한국 현대사에서 아파트가 단순한 주거 공간이었던 적은 한 번도 없다.[68] 1970~80년대 고도 성장기를 거치며 아파트는 도시 중산층으로 편입되었음을 증명하는 가장 확실한 표식이자, 자산 증식을 약속하는 마법의 상자가 되었다. 이른바 압축 성장의 시대에, 낡은 주거지를 허물고 그 위에 세운 콘크리트 아파트는 전근대적 삶과 결별을 선언하는 동시에 더 발전된 미래를 향해 나아가는 진보의 상징, 근대화의 증거로 작동했다.

영화 속 황궁 아파트가 대지진 속에서도 홀로 남아 서 있는 장면은, 발전주의가 우리에게 속삭여 온 성공 신화의 마지막 보루처럼 읽힌다. 세상이 무너져도 내 자산 가치만은 지켜져야 한다는 중산층의 믿음, 시스템이 붕괴해도 내 집을 가진 자는 살아남을 것이라는 신화적 믿음이 견고한 콘크리트 벽에 투영되어 있다. 황궁 아파트는 단순한 피난처가 아니다. 경쟁에서 낙오하지 않고 중산층이라는 안전지대에 안착했음을 증명해 온, 발전주의 시대가 생존자에게 수여한 빛나는 트로피와 같은 존재다.

영화는 이 이미지를 프롤로그에서부터 전면에 내세운다. 시나리오에서 해당 장면의 제목은 〈아파트 몽타주〉다. "80년대풍 신나는 음악에 맞춰 서울과 아파트가 발전하는 모습을 담은 기록 영상이 몽타주 된다"는 지문 위로, 경제 성장과 함께 서울과 신도시를 중심으로 아파트가 주 주거 시설로 자리 잡아 가는 과정을 전하는 뉴스 보도들이 겹쳐 흐른다. 아파트는 한국전쟁 이후 한국 사회가 이룩한 기록적인 압축 성장을 상징하는 표상으로 제시되고, 그 사이 서울은 아파트 공화국으로 변모한다. 대지진 속에서 유일하게 살아남은 황궁 아파트는 아파트 공화국을 상징하는 하나의 메타포다.

신축 아파트에 입주한 주민들을 인터뷰하는 화면이 이어지며, 시나리오 지문에는 이 장면이 "유토피아 같은 브랜드 아파트의 풍경들"이라고 묘사되어 있다. 압축 성장을 이끌어 온 경쟁의

                                                    감응도시

감각은 여기서도 계속된다. "건물과 그 건물이 부서지고 새롭게 지어지는 더 높은 아파트들. 높고 낮은 아파트들이 오르내리며 오늘의 서울 모습이 되어간다. 끝없이 발전하는 서울"이라는 시나리오의 설명처럼, 〈아파트 몽타주〉의 핵심은 낡은 건물은 허물어지고 더 높고 세련된 아파트들이 그 자리를 차지하면서, 서울의 스카이라인이 끊임없이 갱신되는 풍경이다. 아파트는 한강의 기적을 상징하는 것 못지않게, 부의 신화를 말해주는 대표적인 사물로 변신했다. 반복되는 경제 위기 역시 부동산과 주식 등 자산시장의 가격 상승을 부추기며, 아파트를 더욱 강력한 투기의 아이콘으로 만든다.

"한국천문연구원은 오늘 밤 쌍둥이자리 유성우가 밤하늘을 수놓겠다고 합니다."라는 마지막 뉴스가 흐르는 순간, 영화 속 아파트 풍경은 대지진이 일어난 세계로 변경된다. 한때 성장과 풍요를 약속하던 아파트의 신화가 일순간에 무너진다.

아파트는 주민의 것!

영화는 한국의 아파트 신화를 한 번 더 변주한다. 대지진 이후 살아남은 황궁 아파트 안에서, 새로운 콘크리트 유토피아가 다시 구축된다. 현실의 콘크리트 세상을 그대로 반영하는 듯 보이지만, 더 우화적인 장면 구성을 통해 아파트 공동체의 본질을 적나라하게 드러낸다.

한국 사회에서 아파트 입주민 대표회의 같은 조직은 이미 오래전부터 주민을 단순한 거주자가 아니라, 재건축과 재개발을 통해 이익을 극대화하는 이해당사자 집단으로 조직해 왔다. 아파트는 하나의 경제 공동체이면서 동시에, 이익을 방어하고 확장하기 위해 움직이는 배타적인 정치 공동체이기도 하다. 아래의 영화 속 대사는 아파트 공동체가 어떻게 주민의 권리라는 언어를 내세워 이익 추구를 정당화하고, 아파트의 안과 밖을 강하게 구획하는지를 잘 보여준다.

> 중요한 게 있죠, (다들 주목하면) … 바로 희생정신. 지금은 어디 가서 죽었는지 살았는지 모르지만… 이충렬 우리 전 대표님, 재개발 심사 때 기억나죠? (사람들 끄덕인다) 나죠? 쌍심지. 그저 아파트와 주민 위해서라면 눈에 쌍심지 탁 켜고 불구덩이라도 막 뛰어드는 그런 사람이라야…!

발전주의 시대에 아파트는 단순한 주거가 아니라, 재개발 조합과 분양 사업을 매개로 중산층 신분을 보증하는 표상이 되었다. 영화 속 아파트는 주민의 것이라는 구호와, 아파트를 위해 몸을 던지는 이충렬 주민대표의 자기희생적 행동은, 아파트를 지키는 일이 자신과 가족 전체의 삶을 방어하는 일이라는 비장한 감정 구조를 드러낸다.

발전과 성장을 증명해 온 트로피를 손에 쥔 이들에게 배타성은 윤리적 결함이라기보다, 어렵게 획득한 자리를 잃지 않으려는 필사적인 방어 감정의 형식이다. 그런데 내 것을 지켜야 한다는 방어 기제는 타인에 대한 냉혹한 배제와 차별을 정당화하는 논리로 작동한다. 안과 밖의 구별은 재난 상황 속에서 더 크게 부각된다.

그렇다고 아파트 공동체를 단순한 이익 집단으로만 환원하는 것은 충분하지 않다. 그들 내부에는 오랫동안 축적된 두려움, 분투, 자부심이 뒤섞인 독특한 정동의 결이 자리한다. 그리고 아파트의 의미를 재현하는 중요한 정동적 가치로 구성된다. 아래의 인용문은 이들이 아파트에 들어오기까지 견뎌야 했던 긴 시간의 고통과 인내를 한 인물을 통해 상징적으로 보여준다.

> 저요, 삼영빌라에서 20년 넘게 살다가 3주 전에 이사온 사람인데요. (김포댁: (옆 사람에게) 삼영 빌라가 어디야?) 아, 저... 요 육교 건너면 초원교회 있잖아요.? 네, 거기...뒤쪽에... (주민들 "잘 오셨어요"(김포댁), "천운이야, 천운이야"(임부장) 박수까지 치며 환영하는 주민들) 네 뭐... 감사합니다. (다시 진지) 저도 솔직히 싹 내보냈으면 좋겠습니다. 자기만치 23년이에요. 이 아파트 들어오기까지. 내가 육교 하나 건너올라구 진짜... 개고생을 진짜...

아파트는 이익의 상징인 동시에, 생존의 증표가 된다. 누군가에게 아파트는 누구도 도와주지 않는 세상에서 개고생한 삶에 대한 보상이며, 따라서 나눌 수 없는 성취다. 기실 도시의 모든 집에는 가격이 매겨져 있다. 다세대 주택과 아파트, 평범한 서민 아파트와 브랜드 아파트(극 중 드림팰리스) 사이에는 물리적인 구별과 함께, 미묘하면서도 분명한 차별의 시선이 중첩된다. 겉으로 보기에는 비슷해 보이는 아파트 단지들이지만, 실제로는 투명하게 공시된 가격을 통해 계층 구조를 드러내는 장치가 된다. 따라서 누구의 도움 없이 아파트를 샀다는 사실은 단순한 성공이 아니다. 위 인용문에서도 드러나듯, 아파트는 각자도생의 생존주의가 지배하는 사회의 희생자이자 살아남은 생존자의 집이다. 황궁 아파트 주민의 지배적인 감정 구조는 불안정성 사회의 생존자 감정에서 비롯된다. 그래서 오랜 세월 힘들게 노력해 마련한 아파트를 이제 와서 타인과 나누라는 요구는 공정하지 않은 게임으로 느껴진다. 외부인을 내쫓고, 황궁 아파트를 지켜야 한다는 생각이 주민 내부에서는 가장 합리적인 생각으로 받아들여지는 이유도 여기에 있다. 생존했다는 감각과 언제든 다시 밀려날 수 있다는 피해 의식이, 황궁의 서로 다른 거주자들을, 단순한 이익 공동체를 넘어, 하나의 통일된 정동 공동체로 묶는다.

비록 허구적인 현실이긴 하지만, 영화는 불안정성 사회의 실재하는 시대 감정과 조응한다. 과거에는 열심히 일하면 내일은 오늘보다 나아질 것이라는 희망과 성장의 서사를 적어도 상상할 수는 있었다. 그러나 압축적 저성장과 양극화가 구조화된 지금,

　　　　　　　　　　　　　　　　　　　　　　　감응도시

발전주의의 감정 구조는 신자유주의적 고용 불안정성과 만나 여기서 밀려나면 추락한다는 공포의 서사로 즉각 전환된다.

대재난 상황은 이 현실을 드러내는 과장된 은유이자 우화다. 영화 속 세계는, 발전주의가 남긴 더 큰 불안정성이 도시 거주민들의 내면에 커다란 심리적 공백을 만들었고, 공백을 메우기 위해 아파트 투자가 강화되는 실제 현실과 오버랩된다.

더욱이 황궁 아파트 바깥은 영하의 추위와 죽음이 도사린 공간으로 그려진다. 주민들이 아파트를 요새화하고 외부인을 끝까지 밀어내며 사수하려 하는 데에는, 아파트의 정동적 가치 속에는 낭떠러지로 떨어지지 않기 위해 붙들고 있어야 하는 마지막 안전지대라는 생존주의가 작동하고 있다. 극 속에서도, 현실에서도, 아파트는 삶의 안정을 보장해 주는 거주 공간인 동시에, 끊임없이 외부로부터 방어해야 하는 취약한 자산이 된다. 이에 황궁 아파트 사회는 내부에 안전한 콘크리트 유토피아를 구축하지만, 유토피아를 지키기 위해, 세계를 끊임없이 안/밖으로 반복해서 나눠야 하는 운명의 디스토피아적 무대로 변한다.

"중요한 건 두려워하지 않는 겁니다! 바깥이 어떻게 바뀌었든, 누가 있든, 겁먹지만 않으면 우리가 이깁니다. 모래알이 아무리 많아도 작은 바위 하나를 못 이기는 법이니까요. 자, 구호 한번 외칩시다!" "으라차차~ 황궁!"

황궁 아파트 주민들이 구사하는 정치는 엘리트 정치의 언어와는 사뭇 다르다. 이들에게 아파트를 지킨다는 것은 곧 자신의 생존을 지킨다는 뜻이기에, 절박함 앞에서 다른 가치들은 쉽게 뒤로 밀려난다. 아파트를 지키기 위해서는 그 무엇도 두려워할 수 없다.

영화 속 기성 정치인은 고상한 이데올로기와 보편적 가치(인권, 상생)를 내세우지만, 황궁 아파트 사람들은 정치인의 언어에 날 선 생존자의 정동으로 맞선다. 영화 초반, 외부인과 거주민 사이에 전면적인 전선이 형성되는 장면이 있다. 한 국회의원이 나서서 모두가 함께 살 수 있는 길을 찾자고 연설할 때, 정동의 에너지는 잠시 그에게로 쏠리는 듯 보인다. 그의 말이 원론적으로는 옳고, 주민들도 그것을 (이성적으로는) 모르지 않기 때문이다.

그러나 바로 그 순간, 아파트 대표 영탁이 "시끄럽다"는 한마디 고함으로 그의 발언을 잘라내며, 양심에 호소하는 정치의 언어를 가차 없이 중단시킨다. 주민들조차 순간 당황하지만, 이후 전선은 다시 뒤집힌다. 힘의 중심이, 정치인에서 아파트 주민 쪽으로 되돌아오는 것이다(그림 4).

외부인을 내쫓고 아파트를 지키는 것은 이제 생존자의 도덕적 명령으로 화한다. 아파트를 잃을지도 모른다는 주민들의 공포가 영탁과 같은 인물을 싸움의 최전선으로 밀어 올린다. 그리고 기꺼이 그 일을 수행하는 자가 됨으로써 영탁은 아파트를 하

그림4 《콘크리트 유토피아》 스틸컷. ⓒ 롯데엔터테인먼트

나로 묶고, 그들을 대리하는 대표자로 변신한다.

　과거에 아파트 사기를 당하고, 사기 친 사람을 죽인 전력이 있다는 사실은 비밀로 감춰진다. 영탁의 삶은 지진과 함께 그야말로 리셋된다. 그리고 황궁 아파트를 지키기 위해 몸을 내던지는 우리 편의 얼굴로 새로 구성된다. "아파트는 주민의 것", "아파트 만세"라는 구호로 마무리되는 장면은, 아파트라는 공간-사물이 이 공동체 내부에서 얼마나 강력한 정동적 가치를 획득했는지, 어떤 방식으로 배타적이고 투쟁적인 정동 정치로 번역되는지를 우회적으로 잘 보여준다.

유동하는 공포, 포함과 불안

아파트 (중심) 민주주의

아파트 주민을 하나로 묶는 과정에는 언제나 포함과 배제의 원리가 함께 작동한다. 내부를 결속시키는 힘은 역설적으로 잠재적 위협으로 설정된 외부인(드림팰리스 주민, 외부 난민)의 존재다. 안전하다는 감각은 외부인을 아파트 밖으로 내쫓았을 때 비로소 확보된다. 성공과 부를 함께 나눌 수 없다는 전제가 지배하는 경쟁 세계에서 우리라는 집단을 형성하는 것은, 결국 포함과 배제, 포함과 공포의 정동 정치다. 더 큰 역설은, 이미 포함된 자에게 끊임없이 되살아나는 감정 또한 언제든 쫓겨날지 모른다는 배제와 불안의 정동이라는 점이다.

포함과 공포는 주민 수칙의 논리다. 극중극 〈아파트 정비 몽타주〉 장면에 다음과 같은 주민 수칙이 제시된다(그림 5).

1. 아파트는 주민의 것. 주민만이 살 수 있다.

2. 주민은 의무를 다하되, 배급은 기여도에 따라 차등 분배한다.

3. 아파트에서 벌어지는 모든 일은 주민의 민주적 합의에 의한 것이며, 이에 따르지 않으면 아파트에서 살 수 없다.[69]

세 개의 수칙만 지키면 된다는 것이다. 겉으로 보기에는 매우

  감응도시

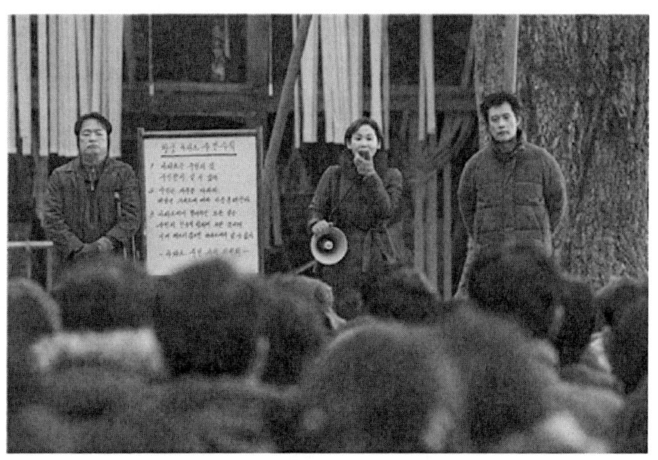

그림5 《콘크리트 유토피아》 스틸컷. ⓒ 롯데엔터테인먼트

합리적이고 공정한 규칙처럼 보인다. 소유권을 분명히 하고(1항), 기여에 따른 차등 분배를 약속하며(2항), 독재가 아닌 투표와 합의를 원칙으로 삼는다는 점(3항)은 근대 자본주의 사회가 스스로 내세워 온 핵심 규범이기도 하다. 그러나 수칙의 진정한 의미는 다른 곳에 있다. 내부자가 아닌 외부인(타자)을 향할 때 행사될 수 있는 폭력을 예외적으로 정당화하는 장치로 기능한다.

황궁 아파트의 주민 사회는 형식상 정당한 합의와 절차를 통해 공동체를 구성하는 민주주의의 공간처럼 보인다. 비록 엉성해 보일지라도 황궁을 일종의 콘크리트 유토피아로 보이게 만드는 확고한 외피다. 그러나 민주주의는 아파트 주민에게만 허용된다.

주민 수칙은 아파트에 포함될 자격이 있는지에 따라 누군가의 생사여탈을 결정하는 기준이 된다. 내부자라 하더라도 수칙을 어기는 순간 언제든 처벌의 대상이 될 수 있음을 경고한다. 선택받은 입주민이 되기 위해 평범했던 사람들이 가장 먼저 포기해야 했던 덕목은 외부인과의 공존 윤리였다. 생존을 위해서라면 윤리마저 유예해야 한다는 논리가 콘크리트 유토피아 안에서 작동하는 것이다. 다만 황궁의 세계에서 주권의 원천은 국가가 아니라 아파트이며, 외부인은 말 그대로 비(非)시민으로 남는다. 민주주의적 절차를 통해 폭력이 승인되고 배분되는 과정이다. 이것이 영화 속에 구현된 아파트 (중심) 민주주의다. 아파트 주민들 내면에 스스로를 피해자이자 생존자로 바라보는 시선이 자리 잡고 있지 않았다면, 이러한 포함과 배제의 정동 정치는 강력하게 작동하지 못했을 것이다.

공포의 정동

공포가 사회를 지배하는 정동으로 자리할 때, 세상은 어떻게 변하는가. 추위, 죽음, 굶주림의 공포는 황궁 아파트 주민을 하나의 공동체로 묶어낸 핵심 정동이다. 사람들은 공포에 매개되고, 또 매개한다. 재난 직후, 극 중 공포의 대상은 차갑고 적대적인 외부 환경 그 자체였다. 그러나 얼마 지나지 않아 가장 큰 위협 요인은 점차 외부인의 형상으로 바뀐다.

아파트 사람들은 외부인을 바퀴벌레라고 부른다. 내부의 질서를 무너뜨릴 수 있는 모든 존재는 박멸되어야 할 위험 요소가 된다. 외부인을 들이는 것은 물론, 외부인을 숨겨주는 행위까지 용납되지 않는다. 이제 황궁의 일상은 보이지 않는 외부인의 위협을 미리 탐지하고 차단해야 한다는 강박 속에 돌아간다. 언제, 어디서, 어떤 외부인이 아파트 주민을 위협할지 모른다는 공포의 정동이 공동체 전체를 흘러 다닌다. 물론 공포의 논리는 내부를 향할 때도 마찬가지로 적용된다. 영탁은 외부인 색출 과정을 이렇게 정당화한다. "우리의 아버지들과 아들들이 목숨 걸고 구해온 것들이 외부인 손에 들어가는 것은 막아야 하지 않겠습니까?" 생존주의가 지배하는 아파트에서 타인을 보살피는 일은 죄가 된다.

지그문트 바우만은 이러한 감응 과정을 파생적 공포라는 개념으로 설명한다. 파생적 공포란 실제로 닥친 위협 그 자체보다, 언제든 위협에 노출될 수 있다는 감각이 일상화된 상태를 가리킨다. 세계가 위험으로 가득 차 있고, 어디서 무엇이 들이닥칠지 알 수 없다는 막연한 예감이 마음을 구획하는 프레임이 된다.

여기에 취약함의 감각이 더해지면 공포는 더욱 증폭된다. 위험이 닥쳤을 때 내가 그것을 막아낼 수단이 거의 없다고 느낄수록, 사람들은 실제 위험의 크기와는 상관없이 압도적인 불안과 공포를 느낀다. 바우만에 따르면 무기력감은 시대공기에서 뿜어나오는 위협의 크기와, 그것에 대한 나의 대응 능력 사이에 펼쳐진 거대한, 그러나 진저리날 만큼 제대로 갖춰진 게 없는 공간에서 발현한다.[70] 바우만은 그런 불안과 취약함의 감각을 세계관 속에 짜 넣고 만 사람이라면, 실제 위협이 없을 때조차 위험을 직접 대면했을 때나 보일 법한 반응을 보이게 된다고 말한다. 파생적 공포는 자가 발전하는 공포다.[71] 외부 자극이 있을 때만 생겨나는 반응이 아니라, 스스로에게로 되돌아와 확대, 재생산되는 순환적 정동 구조다.

황궁 아파트 주민들의 내면에 자리한 정동 체제는 파생적 공포의 논리와 닮았다. 황궁 주민들은 객관적으로는 재난 속에서 가장 안전한 공간(콘크리트 유토피아)에 머물고 있음에도, 주관적으로는 언제든 추락할 수 있는 존재로 자신을 느낀다. 취약감이 주민들을 하나로 만든다. 아파트를 잃을지도 모른다는 두려움이 이들을 하나의 운명 공동체로 만든다. 아파트를 가장 단단한 콘크리트 유토피아로 만들려는 열망은, 역설적으로 희망의 정동이 아니라 공포와 무기력감을 토대로 추동되고 있다.

나도 쫓겨날 수 있다

〈색출 몽타주〉 장면은 이러한 정동적 무기력 상태가 결과적으로 민주주의를 공포 정치로 변질시키는 과정을 함축적으로 보여준다.

- 저벅저벅 걷는 민성, 이전과는 눈빛이 다르다. 어느 집 문을 쾅 열고 들어간다.

　　　　　　　　　　　　　　　　　감응도시

(중략) - 네 이웃을 네 몸과 같이 사랑하라. 나무를 파서 만든 부조가 눈에 띈다.

젊은 부부를 숨겨주고 있던 노부부를 끌어내는 민성과 방범대원들.

- 지하실에 숨어 있다가 끌려 나오는 남자들.

- 만신창이가 되어 아파트 밖으로 쫓겨나는 외부인들.

(중략) - 외부인 숨겨준 집 문마다 빨간 페인트로 표시를 하고 다니는 대원들.[72]

타인을 돌보는 일은, 공동체의 존립을 위협하는 것으로 간주된다. 모든 것이 부족한 사회에 타인이 들어설 자리는 없다. 타인이 사라진 자리를 채우는 것은 공포의 정동이다. 바우만이 지적하듯, 이런 공포는 결국 누구도 신뢰하지 못하는 고립 상태를 낳고, 가장 부적절한 방식으로 위험에 대응하도록 우리를 내몬다. 하지만 황궁의 공동체에 필연적으로 균열이 발생하는 이유도 바로 여기에 있다.

영화의 서사는, 외부인을 향한 공포에서 외부인을 돕는 내부인을 색출하는 움직임으로 전환된다. 아파트를 위해 모든 것을 희생해야 한다는 전체주의적 명령이 주민들의 마음을 잠식하면서, 황궁은 더 이상 유토피아가 아니라, 서로를 감시하고 의심하는 거대한 감옥으로 변해간다.

이제 누구라도 콘크리트 유토피아에서 쫓겨날 수 있는 더욱 위태로운 상황이 시작된다. 밖은 지옥이지만 안쪽 역시 안전하지 않다. 기여도에 따른 배급이라는 원칙 아래, 주민들은 끊임없이 자신의 쓸모를 증명해야 한다. 방범대 활동에 목숨을 걸고 나서거나 식량 배급에 기여하지 않으면, 입주민이라는 자격조차 위태로워진다. 그럴수록 황궁은 힘이 없거나 동조하지 않는 사람을 품을 여유를 상실해 간다.

이러한 구조적 불안은 주민 수칙에 대한 맹목적인 순응을 낳는다. 쓸모를 증명하지 못하는 이들은 언제든 비국민(외부인)으로 전락할 위험에 놓인다. 공포는 주민들 스스로가 서로를 감시하게 만든다. 콘크리트 벽은 외부의 재난을 막아줄 수 있을지 몰라도, 내부에서 자라나는 의심과 소외, 고립과 불안까지 막지는 못했다. 유토피아를 꿈꾸며 쌓아 올린 성벽 안에서 주민들은 점점 더 고립된다. 공동체를 묶고 있던 감정들 역시 서서히 해체되어 간다.

또 다른 콘크리트 유토피아

결국 영원할 것처럼 보이던 황궁 아파트 103동의 유토피아는 붕괴한다. 겉으로는 외부의 물리적 충격이 직접적인 원인처럼 보이지만, 몰락은 이미 예고돼 있었다. 포함과 배제를 통해 안과 바깥을 가르고, 내부의 안전을 지키기 위해 외부를 끊임없이 상정해 온 정동 구조 자체가 한계에 다다른 결과이기 때문이다.

우리라는 이름으로 묶인 아파트 공동체는 하나의 유사 가족처럼 이익을 위해 연대한다. 그러나 이익을 기반으로 하는 연합은 배려와 책임을 나누는 공동체로 발전하지 못한다. 그들 사이의 가족 같은 친밀함은 사실 누군가를 철저히 배제하고 밀어낸 뒤에야 얻어진 효과다. 결속을 떠받치는 정동의 핵심은 연대의 확신이 아니라, 언제든 추락할 수 있다는 취약함의 감각이다.

영화는 유사 가족 같은 아파트 공동체가 해체된 이후, 콘크리트 유토피아가 붕괴한 후, 또 다른 폐허 위에서 새로운 연대의 가능성을 조심스럽게 비춘다. 황궁 아파트가 더 이상 유일한 안식의 조건이 아닐 때, 비로소 다른 형태의 거주 방식을 제안하는 또 다른 유토피아의 단서들이 나타난다.

거주에 관한 다른 질문

견고해 보이던 황궁 아파트가 외부인에게 함락된 뒤, 죽어가는 민성을 데리고 탈출한 명화가 하룻밤 몸을 뉜 곳은 성당이다. 민성은 세상을 떠나고, 명화는 홀로 남겨진다. 바로 그때, 쓰러져 옆으로 기운 성자의 모습이 그려진 스테인드글라스 사이로 마치 동방박사처럼 낯선 사람들의 얼굴이 비친다. 그들은 민성을 묻어주고, 명화와 함께 길을 나선다.

명화가 도착한 곳은 또 하나의 아파트다. 시나리오는 이 장면을 이렇게 묘사한다.

옆면을 바닥 삼아 들어와서 인물들이 옆으로 누워있는 모양새다. 화면이 90도 돌아 수평을 맞추면, 옆으로 넘어가 있는 집임을 알 수 있다. 발을 딛고 있는 바닥에 액자 등이 붙어 있던 자국이 있다. 이런저런 가구도 갖다 놓고 나름 사람 사는 곳처럼 되어 있다.[73]

아파트가 전복된 공간에서 오가는 짧은 대사는 영화의 마지막에 이르러, 황궁 아파트의 견고했던 수칙들을 근본에서부터 뒤집는다.

> **낯선이1** 층고도 높고 좋죠? 일단 여기 좀 있어요.
> (중략) 주먹밥 하나를 명화에게 준다.
> **명화** 저 그냥 살아도 되는 거예요?
> **낯선이1** 그걸 왜 우리한테 물어봐요, 살아있으면 걍 사는 거지.[74]

여기서 집은 더 이상 지키고 쟁취해야 할 자산이 아니다. 살아 있는 몸들이 서로의 온기를 나누며 잠시 머무는 자리, 함께 숨을 고르는 임시 거처로 재정의된다. "저 그냥 살아도 되는 거예요?"라는 명화의 물음에 돌아온 무심한 답변은 거주의 자격을 소유, 신분, 능력에 두지 않는다. 그저 살아 있다는 사실 자체가 함께 머무를 유일한 이유이자 조건이 된다. 황궁 아파트를 하

감응도시

나로 묶었던 외부인에 대한 공포는 더 이상 작동하지 않는다. 살아 있는 존재라면 누구나, 잠시라도 함께 머물 수 있는 거주의 다른 원리가 조용히 모습을 드러낸다.

폐허의 공동체와 시민적 우정

콘크리트 유토피아의 진정한 의미는 역설적으로 아파트가 무너진 뒤 드러난다. 명화가 도착한 폐허 위에 세워진 아파트는 낙원이 아니다. 춥고 배고프며, 내일의 생존을 누구도 장담할 수 없다. 그럼에도 이곳에는 한 가지 분명한 차이가 있다. 콘크리트라는 물질에 투사되었던 발전의 욕망, 지금의 희생은 언젠가 더 많은 소유로 보상받을 것이라는 콘크리트-신념이 보이지 않는다. 삶은 삶이고, 집은 집이다.

새로운 거처는 폐허의 잔해들, 한때 아파트였던 콘크리트를 다시 조립해 집을 만든다. 여전히 아파트이긴 하지만, 모로 누운 아파트는 전혀 다른 세상이다. 수직으로 솟아있던 벽이 바닥이 되고, 창은 문이 된다. 물질은 여전히 콘크리트지만, 배치는 달라졌다. 콘크리트 잔해들로 만들어진 아파트는 새롭게 공간을 재조직한다. 부서진 것으로 만들어진 집(아파트)의 풍경은 그 자체로 급진적이다. 수직의 위계가 무너지고 수평의 바닥이 드러난 자리에서, 비로소 평등한 거주가 시작된다.

불안과 취약함의 감각이 만든 파생적이고 유동하는 공포 위에 지은 아파트 공동체가 더 이상 존재하지 않는다. 대신 중요한 것은 폐허 속에서 함께 살아간다는 감각이다. 이 감각은 콘크리트처럼 응고된 확고한 연합이나 유사 가족 같은 끈끈함과는 다른 결이다. 어쩌면 이러한 연대감은 폐허의 공동체에서 폐허라는 특수한 조건 속에서 잠시 형성된, 일시적이지만 혁명적인 공동체의 한 형식일지도 모른다.

무엇보다 영화의 마지막에 스쳐 지나가듯 제시되는 또 다른 콘크리트 유토피아를 지탱하는 정동적 힘은, 한나 아렌트가 말한 정치적 우정에 더 가깝다. 황궁 아파트가 외부인을 색출하면서까지 지키려 했던 것은, 재난을 견딘 생존자라는 자기 인식으로 묶인, 배타적인 유사 가족의 친밀성이었다. 반면 아렌트가 말하는 정치적 우정이란, 타인의 고통에 응답하되 적절한 거리를 유지하며, 타자를 나와 동등한 세계의 구성원으로 존중하는 태도다.[75] 새로운 아파트-폐허의 사람들은 명화에게 신상을 캐묻지도, 자격을 따지지도 않는다. 다만 옆으로 조금씩 몸을 옮겨 앉아 자리를 비켜 주고, 조용히 주먹밥을 내민다.

이것은 한국의 발전주의가 강요해 온, 그야말로 끈적한 이해관계로 서로를 옭아매는 이익 공동체의 결속과는 전혀 다른 관계성이다. 서로의 취약함을 숨기지 않고, 낯선 타인에게 기꺼이 곁을 내어주는 느슨하고 단단한 마음. 만일 우리가 지금 콘크리트 유토피아가 아닌 콘크리트 디스토피아에 살고 있다면, 이후의 삶은 어쩌면 시민적 우정의 형식으로 다시 상상되어야 할 것이다.

감응도시

영화는 마지막에 묻는다. 우리는 아파트가 아닌 다른 집을 상상할 수 있는가, 함께 거주함의 의미는 무엇인가. 오늘 이후의 도시는, 아파트 말고 무엇을 소망해야 하는가. 자산이나 신분이 아니라, 그저 우리가 동시대 같은 폐허 위에서 함께 살고 있다는 사실을 목격하고 서로를 다시 마주하는 도시. 콘크리트 유토피아 이후에 열릴 또 다른 가능성은 여기서 시작된다.

Ⅲ. 감응의 기록

도시는 하나의 거대한 쓰기의 장이다.
풍경은 지워지고 날마다 다른 표정으로 되살아난다.
그럼에도 의미와 흔적은 남는다.
누군가는 도시의 흔적을 기록하고, 기억하고, 성찰한다.

6. 부동산 가족의 도시 이야기 —《버블 패밀리》

개발 시대와 투기의 정동

우리는 흔히 도시 문제를 논할 때 습관처럼 강남과 아파트를 떠올린다. 강남은 투기와 욕망의 상징처럼 불리고, 한국 도시 문제의 압축판으로 자주 호출된다. 하지만 그럴수록 도시의 삶은 보이지 않는다. 정작 도시의 구체적인 삶과 거주의 의미는 퇴색되어 버리고 만다. 도시를 부동산 가격과 아파트 문제로만 환원할 때, 이면을 떠받쳐 온 깊은 역사적으로 형성된 감정적 배후는 쉽게 가려진다.

마민지 감독의 다큐멘터리 영화《버블 패밀리》(2017)는 시선을 비틀어, 강남이라는 화려한 이름 대신 도시 부동산이라는 사물과 결합한 가족의 역사에 주목한다. 영화의 시선을 통해 우리는 발전 도시가 어떤 정동과 감정 구조가 얽혀 있는지 성찰하게 된다.

영화가 비추는 도시의 내풍경은 화려한 스카이라인과 다르다. 의외로 공포와 불안이 두껍게 깔려 있다. 그중에는 개발 시대의 거친 노동환경 속에서, 언제 추락할지 모른다는 생존 불안이 켜켜이 축적되며 형성된 하나의 역사적 정동이 있다. 강남의 마천루는 그냥 부(富)의 아이콘이 아니다. 그것은 가난과 불안정

성에서 벗어나 보다 안정적인 삶을 확보하려 했던 부모 세대의
선택과 기대, 그리고 거기에 동반된 두려움과 희망이 단단하게
응결된 결과물이기도 하다.

《버블 패밀리》는 1980~90년대 도시개발 붐 속에서 부동산
건축업으로 부를 이루었으나 IMF 외환위기 이후 몰락한 한 가
족의 삶(감독 자신의 가족)을 따라가며 비춘다. 과거의 영광을 잊
지 못한 채 여전히 한 방을 꿈꾸는 부모 세대와, 학자금 대출과
월세난을 겪으며 살아가는 청년세대(감독)의 삶이 교차한다. 엔
딩 장면에 화려한 과거의 가족사진과 평범한 현재의 가족사진이
나란히 배치된 이유이기도 하다(그림 6). 한 가족의 미시사(史)
속에서, 개발 시대의 역사적 정동이 어떻게 도시적 욕망과 결합
하며 오늘의 부동산 신화를 만들어왔는지 생생하게 드러낸다.

그림6 《버블 패밀리》 스틸컷. 출처: 한국영화데이터베이스(KMDb)

산업역군의 몸, 버티는 삶

영화는 어느 날 도심 인파 속에서 오랫동안 거리를 두고 지내던 아버지를 우연히 마주치면서 시작된다. 아버지는 서울 개발 시대에 집장사와 부동산 투기로 큰돈을 벌었다. 그러나 현재는 집이 망해서 다세대 주택 월세로 살아간다. 부동산은 아버지 삶의 전부였고, 동시에 가족에게 깊은 상처를 남긴 세계이기도 했다. 감독은 그동안 원망만 해 왔던 마음을 잠시 내려놓고, 아버지의 생애를 처음부터 다시 듣기로 한다. 부모의 삶을 생애 구술 인터뷰로 기록하는 과정 속에서, 개인사와 한국 현대사가 서로 얽힌 도시의 풍경이 드러난다.

아버지 마풍락의 몸이 지나온 첫 무대는 고향 울산의 거대한 중화학 공장이었다. 1970~80년대, 국가는 그와 같은 노동자들을 산업역군이라 부르며 영웅시했다. 하지만 수사와 달리, 노동자 마풍락의 하루는 화려한 명예가 아니라 온몸으로 버텨야 했던 고통으로 각인된다. 밤낮이 뒤섞인 3교대 근무, 피부와 폐 속으로 스며드는 독한 화공약품 냄새, 언제 사고가 날지 모른다는 긴장감이 겹겹이 쌓여 있었다. 아버지 마풍락은 그 시절을 여전히 "냄새가 코에 확 올라오는 것" 같다고 표현한다. 고통스러운 노동의 경험을 기억하고 있다. 국가는 아버지와 같은 노동자에게 산업역군이라는 이름을 부여했지만, 아버지의 몸은 정작 다른 이야기를 한다.

회사를 왜 그만두기로 했냐면, 어렵지만 이게 안 되겠어. 몸이 내 몸이, 저녁에 야근하고 하니까 몸이 막 엉망이야. 지금도 봐라 잠 못 자서 내가 약 먹고 자잖아. 회사 생활을 해보니까 막 지쳐버려. 잠을 못 자니까. 교대근무를 하니까. 지금도 다 그래. 공장 가면 사람 얼마나 죽어간다고. 공기가 나빠서. 공장이 3교대야. 전부 다 그렇지만은. 아침에 근무하고 그다음 주 가가는 또 저녁근무. 그다음 주는 야간. 어느 공장이라도 뭐 현대조선소나 현대자동차 뭐 똑같은 거야. 밤을 새야 하잖아. 공장은 잘못하면 기계가 큰일 나거든. 항상 체크하고 그러는 거지. 그때 월급이 한 4만 5천 원, 5만 원 이랬어. 큰돈이지. 지금 500만 원 되지. 일을 해가 힘든 게 아니라 잠을 못 자니. 공장은 잠을 자면 큰일 나거든. 기계가 멈춰버리면 큰일 나. 공장 생활 오래 해봤자 그게 그거고 그래가 처형이 뭐 건축업 한다고 그래 그캐가(그렇게 해서) (아버지 구술생애사 인터뷰 중)[76]

그의 구술 속에서 알 수 있듯, 노동자의 삶은 하루하루 위태롭고 두려운 상태의 연속이었다. 비록 임금에 대한 자부심은 있었지만, 사람이 죽어 나가는 노동 현장에서 살아간다는 것은 공포스러운 일이었다. 더욱이 잠을 못 잔다는 것은 무엇보다 괴로운 일이 아닐 수 없었다. 국가와 사회는 산업역군이라 부르며 상찬하지만, 실제 노동자들이 감응하는 현실은 실존적 위기 속에 놓여 있었다. 실존 위기가 성실한 노동의 결과이자 대가였다는 것이 가장 큰 역설이었다. 아버지는 "공장 생활 오래 해봤자 그게 그거"라는 말로 그 시절 노동의 의미를 평가한다.

따라서 그가 공장을 떠나 서울로 이사를 하고, 소규모 건축업(집장사)을 시작한 것은, 노동의 역설에서 벗어나기 위한 것이었다고 말할 수 있다. 죽음과 함께 하는 노동의 부정적인 정동들이 축적되면서 노동자 마풍락을 노동 현장 밖으로 밀어낸 것이다. 노동자의 몸에 각인된 고통스러운 정동들이 정반대의 투기 정동으로 변환되는 지점도 바로 여기다. 한국 사회의 발전과 개발의 과정은 노동하는 누군가의 몸을 토대로 만들어지고 있었고, 그 뒤엔 죽을지도 모른다는 고통을 감내하는 작업 환경이 있었다. 그러므로 노동 공간을 떠나 부동산 세계로 진입한 아버지의 궤적은, 한국 개발 시대의 노동환경 속에 형성된 정동적 인프라를 거쳐 자연스럽게 서울로 이어졌다고 할 수 있다. 죽음을 벗어나기 위해 선택했다는 점에서, 투기의 정동은 마풍락 아버지에게는 현실적이고 합리적인 생존 전략의 일부였다.

투기의 마술: 빚과 욕망의 연금술

아버지 마풍락의 삶이 이렇게 전개될 때, 그의 아내 노해숙은 어떤 삶을 살았을까. 영화는 그녀가 젊은 시절 전셋집으로 시작한 신혼집 이야기로 돌아간다. 그녀의 부동산 이야기는 전세살이의 설움에서 출발한다. 당시 한국 사회에서 전셋집과 자가 소유의 차이는 단순한 주거 형태의 구분이 아니라, 특정한 감정과

감응도시

정동을 빚어내는 중요한 경계였다.

노해숙은 결혼 전, 비록 작은 마을이었지만 큰 부족함 없이 고향에서 자랐다고 회고한다. 그래서 결혼과 함께 갑자기 남의 집 세입자가 되었다는 사실을 좀처럼 받아들이기 어려웠다. 그녀는 그 시절을 떠올리며 불을 켜놓을 때도, 물을 쓸 때도 눈치가 보였다고 회상한다. 이 짧은 문장 속에 전세살이가 지닌 정동적 현실이 응축되어 있다. 세 든 사람은 언제나 집주인의 눈치를 봤다. 가장 사소한 일상조차 집주인의 보이지 않는 감시 속에서 이루어진다. 시간이 지나면서 불편함과 위축, 눈치와 피로가 켜켜이 쌓여 전세살이의 정동이 형성된다.

마침내 노해숙은 이렇게는 안 되겠다는 결론에 다다른다. 집을 장만해야 한다는 생각, 조금만 더 보태면 어떻게든 아파트를 살 수 있을 것 같다는 마음이 그녀 안에서 점점 확고해진다. 전셋집에서의 불편함과 위축감은, 단지 현재의 고단함이 아니라 집-없음 정동으로 굳어진다. 이 지점에서 아파트는 눈치를 보지 않고 불을 켤 수 있는 삶, 마음 편히 물을 쓸 수 있는 삶을 약속하는, 그러므로 행복을 약속하는 정동적이고 감정적인 대상이 된다.

1975년 당시 아버지의 월급은 약 4만 원으로 나쁘지 않은 수준이었고, 아파트 매매가는 100만 원 정도였다. 결혼할 때 시가의 도움을 안 받았으니 돈을 빌리는 것은 괜찮지 않을까?

구체적인 실행 계획이 그려졌다. 어머니는 45만 원을 빌려오라는 미션을 주고 아버지를 고향집에 보냈다. 방 한 칸 몫을 빌려오라는 거였다.

힘겹게 시가에서 돈을 융통한 후 어머니는 울산에서 가장 오래된 공동주택인 신정동의 아파트 한 채를 매입한다. 매물이 나오자마자 일단 계약부터 저질러 버린다. 말 그대로 하나의 모험이었다. 그리고 그것은 어머니가 처음으로 경험한 투기의 순간이기도 했다. 이후 아파트값이 오르기 시작했다고 한다. 1975년 100만 원에 산 집은 2년 뒤인 1977년 300만 원이 되었고, 자산은 단숨에 세 배로 불어났다.[77]

어머니의 이런 창의적인 발상과 과감한 실행력은 곧바로 이익 창출이라는 결과로 이어졌다. 욕망과 모험이 우연히 맞물린 이 한 번의 사건에서 큰 수익을 본 경험은, 어머니와 아버지의 삶을 이전과는 전혀 다른 방향으로 돌려놓는다.

울산은 한창 개발 중이었고, 1970년 27만 5천여 명이었던 인구는 1975년 36만 8천여 명, 1980년 80만여 명으로 늘어나며 주거지역 역시 빠르게 확장되고 있었다. 어머니는 친척들에게 돈을 빌리기 시작했다. 이자를 은행보다 많이 쳐주겠다고 했다. 부족한 자금을 확보한 어머니는 아버지 몰래 400만 원 주고 24평짜리 광활한 크기의 새 아파트를 과감히 계약했다.

얼마 지나지 않아 아파트 매매가는 800만 원으로 2배 뛰었다. 100만 원의 종자돈이 단 4년 만에 800만 원으로 불어난 것이다.[78]

어머니가 처음 맛본 "투기의 맛"[79]은 결과적으로 몸이 부서지도록 노동하면서 돈을 버는 것은 어리석다는 감각을 은밀히 굳히게 만든 계기가 된다. 그 후 어머니의 도전은 더욱 과감해진다. 이번에는 친척들에게서 돈을 빌린다. 은행보다 높은 이자를 약속하며 적극적으로 빚을 끌어모으고, 아버지 몰래 400만 원짜리 대형 아파트를 계약하는 모험을 감행한다. 그리고 다시 한번, 집값은 순식간에 두 배로 뛰어오른다. 100만 원이던 종잣돈이 불과 4년 만에 800만 원으로 불어나는 기적 같은 경험은, 투기를 단순한 선택이 아니라 되풀이할 만한 공식으로 각인시킨다.

영화 속 주인공들의 구술을 통해 알 수 있듯, 반복된 성공 경험은 가족에게 거부할 수 없는 투기의 함수를 각인시켰다. 돈이 없어도 된다, 빚을 내면 된다, 그리고 빚으로 투자해도 빌린 돈보다 더 훨씬 큰 이익을 얻는다, "하면 된다". 어머니가 하면 된다는 신념을 갖게 된 배후에는, 이러한 투기를 통해 맛본, 두려움, 기대, 희열의 다양한 정동들이 강렬하게 결합해 만들어진 결과였다. 말할 것도 없이 투기적 정동은 투기의 경제를 이루는 핵심 요소다. 고통과 불편, 수치 등으로 형성된 부정적 계열과 투자와 모험이라는 수행에서 형성된 기대와 환희의 계열로 이루어진 정동들이 집장사 노해숙이라는 하나의 주체를 형성한다. 투기의 무모함은 실패의 위험이 아니라 성공 신화를 만드는 동력으로 번역된다. 빚은 갚아야 할 짐이 아니라 미래의 부를 앞당기는 능력으로 재정의된다.

중요한 것은 이러한 투기의 정동이 한국의 개발 시대의 주요한 감정 구조와 연결된다는 점이다. 영화는 바로 이 점을 강조한다. 우연히 성공한 몇 번의 투기 사례가 한국의 수많은 평범한 사람들의 삶을 극적으로 바꾸어 놓았지만, 이면에는 숫자로 포착되지 않는 감정의 역사, 공포, 수치, 부끄러움, 존중받지 못하는 삶, 잠을 잘 수 없는 노동, 대가 없음의 감각 등이 깊이 얽혀 있다.

산업역군이라는 이름 뒤에서 노동자의 몸은 끝없이 성실과 인내를 강요받고, 열악한 작업 환경은 그런 몸을 늘 죽음의 위험과 맞닿게 만든다. 노동 현실을 견디며 살아가는 동안, 정직한 노동의 윤리는 점점 설 자리를 잃고, 이곳에서 벗어나야 한다는 절박함이 다른 감각, 즉 투기의 감각으로 변환된다.

따라서 울산의 공장을 떠나 집장사에 뛰어든 아버지의 선택을 단순히 탐욕으로만 읽어서는 영화가 포착한 현실에 닿을 수 없다. 노동 현장에서 마모된 신체의 고통과 셋방살이의 불안, 전셋집에서 눈치를 보며 살아야 했던 몸의 부자유와 수치감, 늘 누군가에게 감시받는 듯한 느낌이 차곡차곡 쌓여 하나의 정동적 현실이 만들어진다. 이러한 정동적 현실은 결국 무리해서라도 내 집을 마련해야 한다는 투기의 삶을 정당한 선택으로 느끼게 만든다.

이렇게 볼 때, 부동산 개발 시대의 감정 구조는, 산업역군이라는 이미지와 함께 형성된다. 투기의 정동 속에는 노동의 가치가 노동을 배신하는 역설이 포함된다. 성실하게 일하는 것보다, 빚을 내어 모험하는 편이 더 확실하고, 더 안전하며, 보상도 크다는 경험칙이 노동 윤리의 자리를 잠식해 간 것이다. 이런 감각을 내면화한 아버지와 어머니는 마침내 개발 열기가 가장 뜨거웠던 땅, 서울 강남으로 향한다. 그리고 그곳에서 본격적으로 집장사로 변신하면서 개발 시대 투기적 삶의 궤적을 완성해간다.

강남의 성공 신화

아버지에게 서울은 무엇이었을까. 그곳은 돈을 벌어 잘살아야 한다는 개인의 절박한 생존 본능과 국가 주도의 개발 정책이 정면으로 조우하는 거대한 공사판이었다. 1980년대 서울, 특히 강동구와 천호동 일대, 그리고 강남 지역은 허허벌판이었다. 하지만 버려진 땅이 아니라 국가가 이미 도시개발의 밑그림을 그려놓은 기회의 땅이었다.

우리 때는 서울 산다고 하면 얼마나 좋았는데. 아버지는 군대를 서울로 왔으니까 처음에 신기했지. 서울이 발전돼 있으니까. 남산 하얏트호텔 자리에서 근무했거든. 서울에 차도 많고

집도 많고 신기하지. 강동구 하나 크기가 울산만 하니까. 큰 한강도 있고 천호대교도 있고. (중략) 내 마음은 뭐 하나지. 돈 벌어가 잘살아야 된다 이 심정이지. 서울에서 뭐 누가 10원짜리 하나 줄 사람이 있어? (중략) 인구는 막 늘지 집은 없지 하니까 땅을 사서 짓는 사람이 돈을 벌었지. 잠실에는 아파트가 있었지만서도 천호동에 아파트 같은 거는 아무것도 없었어. 허허벌판이지. **허허벌판이라고 하는 거는 집이 한 채도 없다는 게 아니라 땅이 있는데 시에서 구획 정리를 했다는 거지, 집 짓는 사람, 집장사들이 전부 강동구로 모여서. 암사동부터 잠실까지 전부 공사장으로 퍼뜩 차버리지.** (아버지 구술생애사 인터뷰 중)

아버지의 증언에서 등장하는 "구획 정리"라는 말은 이 시기 개발 방식의 핵심을 정확히 짚어낸다. 국가가 선을 그어 땅을 나누고 계획한다. 구획된 공간의 중심에는 국가 주도의 아파트 건설 사업이 배치되고, 주변의 나머지 구획에는 다세대주택, 연립주택, 빌라 등을 지을 수 있는 공간이 열렸다. 부족한 주택 공급 문제를 요량으로 민간업자와 영세 건축업자들의 위임했던 땅이다. 아버지와 같은 개발업자에게 서울 땅은 더 이상 삶을 위한 정착의 터전이 아니었다. 적은 돈으로 땅을 사 집을 지어 더 큰 자본으로 환수할 수 있는 거대한 투기 공간으로 인식됐다. 당시 국가의 개발 사업은 투기 이윤이 폭발하는 지점에서

　　　　　　　　　　　　　감응도시

정점을 맞는다.

> 우리는 계속 막 승승장구하는 거야. 다른 사람들이 지어 놓으면 잘 안 팔려. 우리만 잘 팔렸어. 아버지가 연립을 또 많이 지었거든? 연립을 지었는데 이상하게 지어놓으면 그렇게 잘 팔려. 그것도 운이지 뭐. 이상하게 뭐랄까 대운이 들어왔나봐. **승승장구하면서 짓고 팔고, 짓고 팔고, 계속 그런 식으로. 마치 분수가 물 뿜어내듯 있잖아? 막 수직상승하는 거야 말하자면. 돈, 뭐 지으면 돈이야.** (중략) 세무조사가 들어오는 거야. 탈세했다고. 아버지가 한 번에는 못 내고 두 번에 나눠드리겠다고. 아버지가 현찰로 줬어 그걸. 세금 제일 많이 내는 사람 리스트 1위에 올랐대 아버지가. 그래서 어머니는 아버지 보고 어머, 능력 있데이. 능력 있는 사람이네. 그러니까 내가 뿌듯한 거야. 그게 89년도 초인가봐. 세금 받아간 그 담당자가 승진했대. 우리 세금 받아서.(어머니 구술생애사 인터뷰 중)

집을 짓기만 하면 팔리는 시기, 어머니는 이때를 "분수가 물을 뿜어내듯" "수직상승"하는 느낌으로 기억한다. 어머니가 맛본 투기의 정동은 단순히 돈이 늘어나는 기쁨을 넘어 온몸을 들뜨게 하는 고양감에 가까웠다. 승승장구, 운이 들어왔다는 표현 속에는 가난과 불안정성의 기억이 한순간에 사라진, 세계가 뒤집힌 듯한 흥분, 그동안 버텨온 삶이 마침내 보상받는다는 안도,

그리고 더 큰 부를 향한 욕망이 복잡하게 뒤섞여 있다. 집을 "짓고 팔고, 짓고 팔고" 반복하는 동안 투기는 하나의 직업이자 삶의 리듬이 되고, 계약을 기다리는 초조한 시간은 매매가 성사되는 순간의 짜릿한 쾌감으로 상쇄된다.

흥미로운 것은, 투기로 형성된 부가 국가 시스템(세무조사)과 충돌하기보다는, 오히려 국가로부터 능력을 인정받는 통로가 되었다는 점이다. 국가 주도의 강남 개발 역사와 긴밀하게 맞물리며, 한 가족의 삶을 투기 신화의 회로로 끌려 들어간다. 보통 세무조사는 위기와 공포의 사건이지만, 이 가족에게 서울 개발은 오히려 자부심의 증거로 전환되는 이유다. 거액의 현금을 한 번에 납부하지 못해 두 번에 나눠 냈지만, 세금을 가장 많이 낸 사람 1위가 됐다는 사실에서 알 수 있듯, 투기는 역설적으로 능력과 성공의 지표였다. 세금을 받아 간 담당 공무원도 승진했다는 에피소드도 더해진다. 당시의 부동산 투기가 국가 경제를 위협하는 범죄가 아니라 고도성장을 떠받치는 애국적 수행처럼 기억되고 있음을 보여준다.

가난과 죽음의 위험이 도사리던 울산의 노동 현장을 벗어나, 이제는 서울에서 막대한 세금을 내며 국가 재정에 기여하고 있다고 믿게 되는 순간, 투기는 단순한 재테크가 아니라 한 인간의 자부심과 존재감을 구성하는 정동적 기반이 된다. 이렇게 해서 투기의 정동은 과거의 두려움과 결핍을 밀어내고, 한 가족의 삶을 성공 신화라는 서사 속에 고정하는 강력한 감정 구조로 자리

잡게 된다.

가난의 정동, 가난의 증명

마이너스로 시작하는 청춘, 거품이 꺼진 자리

감독의 회고에 따르면, 부모 세대에게 빚이 자산을 증식시키는 마법의 지렛대였다면, IMF 이후 사회에 진입한 청년세대인 감독 자신에게 빚은 대학 시절부터 사회생활 전반에 이르기까지 현실적 문제였다. 그녀의 대학 생활은 학자금 대출과 함께 출발했다. 부모는 여전히 언젠가 대박이 터지면 모든 것이 해결된다는 과거의 투기적 열정을 놓지 못하지만, 딸에게는 매달 돌아오는 이자 상환일이 더 구체적인 현실이다. 이 모순 앞에서 감독은 부모 세대와 청년세대를 가르는 간극이 무엇인지 이해하기 위해 부모의 삶을 카메라에 담는 동시에, 자기 삶 역시 함께 기록해 나간다.

부모에게 투기가 불안과 기대, 모험과 환희가 뒤섞인 정동이었다면, 감독에게 투기는 처음부터 공포의 정동과 연결된다. 어느 날, 초등학교 5학년이던 마민지는 부모의 사업이 정확히 무엇인지도 모른 채, 한 번의 충격적인 경험으로 집이 망했다는 사실을 몸으로 알아차린다.

그날은 재미있는 프로그램이 없어 리모컨으로 채널을 이리

저리 돌려가며 소파에 누워 있었다. 갑자기 초인종이 울렸다. 곧이어 쾅, 쾅, 쾅 문 두드리는 소 리가 들리더니 "계십니까?" 물었다. 위커가 현관을 향해 짖기 시작했다. 나는 급하게 텔레비전 소리를 무음으로 하고 현관 밖에 귀를 기울였다. 그리고 아무도 없는 척을 했다. (중략) 혹시 그 사람들이 다시 올라올지도 모른다는 생각에 몇 분 정도 더 숨을 죽이고 기다렸다. 조심스레 텔레비전 소리를 키웠다. 다시 소파에 누워 과자를 먹으며 안도의 한숨을 내쉬었다. 그런데 갑자기 집 안의 모든 가전제품에서 뚝 끊어지는 소리가 나더니 텔레비전이 함께 꺼졌다. 정적이 흘렀다.[80)]

투기의 성공과 함께 쌓여온 부모 세대의 고양감과 달리, 딸 세대의 몸에는 바로 그 붕괴의 순간이 각인된다. 감독이 기억하는 위 장면에서 아마도 공포스러운 순간은 빚쟁이들이 돌아간 직후 찾아온 정적, 그리고 집 안의 모든 가전제품이 멈춰버리던 그때였을 것이다. 텔레비전 불빛이 사라지고 어둠이 내려앉은 거실에서, 어린 마민지는 그저 엄마가 돌아오기를 기다릴 수밖에 없었다.

그날 이후 강남 아파트 중산층이었던 가족은 가난의 자리로 미끄러져 내려간다. 아파트에서 보냈던 행복한 순간들은 그날의 불안과 공포라는 충격적인 정동과 겹쳐 붙어버린다. 행복한 기억을 더듬을 때마다 공포의 기억 또한 동시에 되살아난다. 부유함과 가난이라는 서로 다른 정동이 한 가족의 삶 안에서 공존하는 것이다. 노동의 공포와 눈치를 보는 부자유의 삶에서 출발한 투기의 정동이 중산층의 욕망으로 변신했듯, 딸에게서 행복의 정동은 공포의 정동과 분리되지 않는다.

동시에 한국 사회에서 가난은 부의 자랑과 대조적으로 부끄러운 증명의 대상으로 자리하게 된다. 가난은 하나의 생존 조건이자 구조적 현실이면서도, 어느 순간부터는 반드시 수치스러운 절차를 통해 확인되어야 하는 무엇, 부유함의 반대편에 놓인 부끄러움의 정동으로 변형된다.

집이 무너진 뒤에도 어린 민지는 여전히 강남에 살았고, 송파구 학교에 다녔다. 그녀의 기억 속에서 비슷한 처지에 놓인 친구는 거의 없었다. 감독은 당시의 강남을 대부분 아파트에 살고, 대학을 목표로 학원 가는 것을 당연하게 여기는 분위기였다고 회상한다. 그야말로 대표적인 중산층의 도시 환경이다. 이곳에서 가난은 함께 이야기할 수 있는 공통 경험이 아니라, 감춰야 하는 개인적인 결함으로 취급됐다. 감독은 당시를 떠올리며 가난은 숨겨야 하는 것이었다고 말한다. 자신 역시 늘 가난하지 않은 것처럼 연기해야 했다는 것이다.

공적 공간에서 가난은 도움을 줄 객관적 대상으로 분류된다. 그럼에도 가난한 삶의 내풍경, 내적 정동에 대해서는 사회가 놀라울 만큼 둔감하다.

내가 처음 가난을 증명해야 했던 때는 고등학교 재학 중일 때였다. 점심시간에 친구들과 급식을 먹고 있는데 담임 선생님이 오더니 너희 아버지가 사업을 하다 망했느냐고 물었다. 나는 교실 밖으로 뛰쳐나갔다. 종례가 끝나고 담임 선생님이 내 이름을 부르며 잠깐 남으라고 했다. 거기까지 했으면 좋았을 텐데, 선생님은 지원 관련해서 이야기를 나눠야 한다는 디테일까지 공개적으로 발설하고 말았다. 화들짝 놀라 얼굴에 열이 올랐다. 두근거리는 심장을 붙들고 교무실에 갔다. 선생님은 학비와 급식비가 계속 납부되지 않아 어머니께 여러 차례 말씀을 드렸는데도 입금이 안 되고 있다며 종이를 한 장 내밀었다. 국가지원신청서였다. 눈물이 나는 것을 겨우 참았다. 만일 선생님이 티가 나지 않도록 나를 배려해주었다면 그런 모욕감을 느끼지 않고 부모님을 원망하지 않았을지도 모르겠다. (중략) 장기적인 관점에서 국가 지원을 받고 생활비에 돈을 더 보태는 게 이성적인 판단이었을지도 모르겠다. 하지만 어린 나는 이 모든 상황이 창피하기만 했다.[81]

여기서 가장 눈에 띄는 대목은 배려라는 이름으로 행사되는 폭력이다. 담임교사는 너희 아버지 사업 망했느냐고 묻고, 곧바로 국가지원신청서를 내밀며 가난을 증명하라고 요구한다. 밀린 학비와 급식비라는 현실이 친구들 앞에서 그대로 드러나는 순간이다. 행정 절차의 관점에서 보면 교사의 행동은 제도적으

   감응도시

로 합리적인 구제 조치일지 모르지만, 정동의 차원에서는 한 학생의 몸과 마음에 깊은 가난의 느낌을 새기는 일이다. "선생님이 티 나지 않게 배려해 주었다면 부모님을 원망하지 않았을지도 모른다"는 감독의 고백은, 한국 사회에서 부자와 빈자의 차이가 단지 소득 격차가 아니라 정동의 위계 구조이기도 하다는 사실을 역설적으로 드러낸다. 공식적으로 가난을 증명하도록 만드는 것은 부유함과 가난을 가르는 정동적이고 감정적인 수행의 한 과정이다.

어린 마민지는 국가 지원을 거부한다. 경제적 합리성으로만 따지자면 결코 현명한 선택이 아님을 어렸지만 인지했다. 그럼에도 거부하게 만든 것은 가난 그 자체가 아니라, 가난을 창피함으로 만들어버리는 폭력적이기까지 한 공적 공간의 무지, 둔감함 때문이다.

가난이 왜 반드시 숨겨야 할 비밀이자, 증명해야 할 결핍이 되어야 하는가. 개발과 발전을 지상 명령으로 삼고, 가난에서 탈출하는 것을 최고의 가치로 여겨온 시대가 남긴 유산은 부자와 빈자의 양극 속에서 스스로 위치를 끊임없이 증명해야 하는 삶이다. 부자와 빈자의 차별적 정동 구조는 특히 아파트를 중심으로 형성된 중산층에게서 더 극적으로 내면화되었다.

정동의 관점에서 보면, 국가 주도의 개발 신화는 부의 숭배를 당연한 것으로 만들고, 가난을 향한 멸시를 부추기는 정동적 토대를 구축해 왔다. 땀 흘려 일하는 노동이 부동산 투자보다 하찮게 여겨지게 된 것도, 아파트를 향한 한국인의 열망도, 이러한 역설적인 개발과 성장의 정동 구조를 통해서 비로소 이해할 수 있다. 투기 사회에서 도시는 더 이상 공존의 공간이 아니다. 부동산이 유일한 대안이 될 때 아파트는 더 강력한 정동적 가치를 부여받는다. 강남을 성공한 삶으로 치부하는 일이 아무렇지 않게 수용된다. 다른 방식의 거주와 그 안에서 살아가는 사람들의 진짜 삶은 논의의 바깥으로 밀려난다. 도시에는 승자와 패자, 부자와 빈자의 두 층위만이 존재하는 것처럼 단순화되고, 수많은 삶의 결은 보이지 않게 된다.

문제는 강남·아파트가 아니다

부동산, 행복의 약속

그러나 딸 마민지는 부모 세대의 성공 신화를 반복할 수 없다. 그녀는 학자금 대출을 갚기 위해 결국 월셋집을 정리하고 부모 집으로 들어가 다시 함께 살기로 결심하게 된다. 매달 나가는 월세를 아끼고, 그동안 모은 보증금으로 아버지의 빚을 조금이라도 갚을 수 있다는 계산이 그녀의 결정을 뒷받침한다. 그러면서 그녀는 스스로 K-장녀라고 부른다. 부모 세대가 남겨 놓은 빚과 책임을 떠안고 출발선에 서야 하는 한국식 장녀의 자리를 자조적으로 가리키는 이름이다.

그녀의 귀환은 부모에게도 하나의 전환점이 된 듯하다. 어머니 노해숙은 딸을 맞이하기 위해, 그리고 더 이상 예전 아파트로 돌아갈 수 없음을 인정하기 위해, 집 안 가구들을 정리하기 시작한다. 오랫동안 버리지 못한 채, 언젠가 다시 돌아갈 집을 상상하며 간직해 두었던 아파트 가구들을 하나둘 치운다. 영화는 이 장면을, 어머니가 마침내 과거의 아파트와 그에 얽힌 행복의 약속을 내려놓는 순간으로 기록한다.

방에서 방으로 짐을 옮겼을 뿐이지만 한 가구의 살림살이가 부모님 살림에 더해지니 내 방은 도무지 발 디딜 틈이 없었다. (중략) 어머니는 나보다 훨씬 더 적극적으로 짐을 정리하기 시작했다. 막상 가구가 해체되는 모습을 보면서 가구들을 아까워하는 사람은 나였다. 어머니에게 정말 이것까지 버릴 거냐고 되묻기를 반복했다. 결국 버릴 계획이 없던 가구들까지 어머니의 진두지휘 아래 집 밖으로 옮겨졌다. "저것들이 앉아 있었으니 얼마나 답답하나. 어머니는 이게 성격이 미련이 많아서… 뭐 그리 살림에 애착이 많아서 못 버리고." 어머니는 계단에 서서 트럭 위로 차곡차곡 쌓이는 가구에서 눈을 떼지 못하며 말했다. "논현동 가구점 가서 소파 바꾸고 식탁 바꾸고. 디자인상 1위 받았다고 해서 600만 원 주고 샀어, 소파. 그때 당시에. 그러니까 아까워서 못 버린 거야. 지금도 600만 원짜리 소파 사기가 쉽나 어디."

사실 어머니의 가구는 거기에 덧입혀진 어머니의 시간과 감정을 표상한다. 어머니가 끝내 놓지 못했던 600만 원짜리 소파는 단순한 생활 집기가 아니었다. 강남 아파트 시절의 화려함과 자부심이 응축된 물증이자, 언젠가 다시 그때로 돌아가고 싶었던 욕망이 깃든, 행복의 약속을 표상하는 정동적 사물이다.

그런데 트럭에 실려 나가는 가구를 보며, 정작 가구들을 아까워하는 사람은 나였다고 딸은 고백한다. 어머니의 망설임과 미련이 파장이 되어 세대를 건너 딸의 몸을 통과하며 이동하는 순간이다. 감독은 계단 위에서 트럭을 바라보는 어머니의 뒷모습을 카메라로 찍는다. 어머니가 지금 버리고 있는 것이 단순히 물건이 아니라 어머니의 삶에서 가장 빛났던 한 시절임을 즉각적으로 감지한다.

그래서 이 장면은 투기 실패를 인정하는 패배의 기록이라기보다는, 과거를 정면으로 마주하고 조심스럽게 떠나보내는 의식으로 기록된다. 딸이 어머니의 아픔에 감응하면서, 부모가 좇았던 부동산의 꿈은 딸에게서 하나의 깨달음으로 변한다. 중산층, 아파트, 행복이 뒤엉킨 도시에 대한 성찰의 공간이 열린다.

영화 초반, 다세대 연립에 사는 부모의 일상을 카메라에 담기 시작하자, "엉망인데 왜 찍냐"는 어머니에게 감독이 "반은 예쁘구만"이라고 답하는 장면이 있다. 이 말에는 부모 세대의 삶을 부끄러운 실패로만 보지 않고, 그 속에 깃든 마음을 함께 기록하고자 하는 딸의 시선이 겹쳐 있다. 과거 어머니가 어린 민지의

　　감응도시

일상을 홈비디오로 찍어 두었듯, 이제는 딸이 카메라를 들고 부모의 삶을 기록한다. 옛 홈비디오 속 장면과 현재의 영상이 교차하는 영화적 구성은, 그래서, 감독이 한때 카메라 앞에 서 있던 딸이자 이제는 카메라 뒤에서 부모의 삶을 비추는 어른이 되었음을 상징적으로 보여준다.

부모의 부동산 신화가 사라진 것은 아니었다. 달라진 것은 딸의 시선이다.

세 개의 철도 노선이 지나가는 곳에 위치해 있기 때문에 앞으로 개발이 될 수밖에 없다고 했다. 왠지 일리가 있었다. 평당 50만 원을 주고 구입한 40평 규모의 땅이었다. 아직은 밭이라고 했다. 내 소유의 땅이 있다니 어안이 벙벙했다. 어머니는 부모로서 자식에게 무언가를 남겨주고 싶어서 땅을 구입한 거라고 했다. 나는 할 말이 없어졌다. 어머니의 심정이 충분히 이해가 됐기 때문이다. 감동도 잠시, 총 액수가 2천만 원이라는 계산이 서자마자 내 학자금대출이 머릿속을 스쳐 지나갔다. 땅값이 내 학자금대출 총액과 얼추 비슷했던 것이다. 어머니는 나중에 땅값이 6배는 오를 거라, 적어도 1억 5천만 원이 될 거니 조금만 기다려보라 했다. 그리고 학자금대출은 그때 땅을 팔아 갚으면 된다고 했다. 머리가 띵했지만 과연 어머니다운 대답이었다.

어머니가 딸에게 내민 것은 낡은 서류봉투, 바로 땅문서였다. 딸의 명의로 개발 예정지로 알려진 땅을 매입해 보관해 두었다는 것이 드러난다. 땅을 살 돈이 있었다면, 애초에 학자금 대출을 받지 않아도 되었을 것이라는 생각이 딸의 머리를 스친다. 서운함과 허탈함이 올라온다.

하지만 영화의 마지막에서 마민지 감독은 어머니가 남겨둔 땅문서가 어딘가 싫지만은 않다고 고백한다. 영화감독의 삶이 예측 불가능한 미래 위에 서 있기 때문이다. 아이러니하게도, 자신이 비판적으로 바라보았지만, 그녀에게도 땅문서는 하나의 안전장치처럼 느껴진다. 부모 세대가 몸으로 겪은 공포와 불안, 그리고 희망이 응축된 투기의 정동이, 불안정 사회의 다른 얼굴로 지금 여기에서 순환하는 이유를 보여주는 장면이다.

한국 사회에서 부동산에 부여된 정동적 가치를 수익성으로만 환원하면 투기의 정동을 제대로 다 이해하지 못할 수도 있다. 투기는 탐욕이면서 동시에 행복한 삶을 향한 기대와 희망의 투사이기 때문이다. 삶이 점점 더 불안정해지고, 노동마저 미래를 보장해 주지 못하는 사회에서, 집 없이 사는 일은 여전히 부정적 정동들을 동반하는 경험이다. 가난을 증명해야만 지원을 받을 수 있는 구조 속에서, 부동산은 단지 투기의 대상이 아니라 언젠가 현재의 고통을 보상해 줄지도 모르는 행복의 약속으로 자리 잡는다. 불안정성 사회가 바로 이 행복의 약속=부동산의 등식을 더 견고하게 만드는 토양이기 된다.

과연 강남·아파트가 문제였을까

집은 그 자체로 복잡한 정동들을 품은 감정적, 정치적 장소다. 이러한 본질적 내풍경을 외면한 채, 우리의 부동산 정책은 언제나 강남과 아파트라는 두 개의 거대한 담론 주변을 떠나지 못하는 듯하다. 사람들은 강남과 강남의 복제를 냉소적으로 비난하면서 동시에 부러워한다. 아파트를 투기의 온상이라 손가락질하면서도 욕망한다.

이러한 시각의 맹점을 잘 보여주는 것이 바로 또 다른 강남의 삶이다. 다큐 속 주인공들은 강남 거주자지만, 아파트 주민은 아니다. 실제 강남에는 아파트만 있는 것이 아니다. 다세대·다가구 주택, 빌라, 오피스텔, 1인 가구, 공공·전세임대주택 등 거주 형태가 다양하다. 그럼에도 강남이라는 기표가 곧 브랜드 아파트, 자가 소유, 중산층 이상의 라이프스타일과 거의 동의어로 사용될 때, 이들의 삶은 담론과 통계, 미디어 이미지에서 상대적으로 쉽게 지워진다. 도시를 강남과 아파트로만 바라보는 시선은 우리 사회에 퍼져 있는 불안정한 거주 경험을 주변부로 밀어내 버린다.

《버블 패밀리》의 의미는 바로 이 지점에서 드러난다. 이 작품은 강남을 주요 배경으로 삼으면서도, 아파트 내부가 아니라 그 바깥을 부유하는 한 가족의 생활을 따라간다. 카메라는 이들이 강남의 틈새 공간에서 경험하는 불안과 동요, 그리고 일상의 버티기를 비춤으로써, 우리가 익숙하게 떠올려 온 강남의 매끈한 풍경에 균열을 만들어낸다.

도시 문제의 핵심은 강남이라는 특정 공간이나 아파트가 아닐지도 모른다. 그러한 프리즘은 오히려 도시 문제를 특정 지역의 부동산 문제로 축소하면서 정작 진정한 거주에 관한 논의는 주변화하는 장치로 기능해 왔다. 우리는 강남 아파트값에 대한 분노와 박탈감에 매몰된 채, 정작 어떻게 함께 거주할 것인가라는 근본적인 질문에서 멀어져 온 것은 아닌지 돌아볼 필요가 있다.

그래서 영화 이후 감독은 그녀의 책 『나의 이상하고 평범한 부동산 가족』을 통해 다시 거주함의 이야기를 이어간다. 영화 이후, 부모는 결국 LH 전세임대주택 지원 대상으로 선정된다. 국가가 주변 시세보다 저렴한 비용으로 저소득층에게 주택을 재임대하는 제도다. 전세 임대는 2인 가구 소득 기준에 맞추어 심사되었기에, 복지 담당 공무원 권유대로 기초생활수급 신청을 하면서 세대 분리를 진행했다. 감독은 또 한 번 새로운 방식으로 가난을 증명하는 절차 앞에 서게 된다.

그 이후에도 전세임대주택에 실제로 입주하기까지 풀어야 할 과제는 끊이지 않는다. 감독 본인이 당장 나가 살 집을 구해야 하고, 지금 살고 있는 집의 집주인과의 관계도 정리해야 하는 문제를 비롯해 수많은 처리 과정이 존재한다. 책에서는 딸의 시각에서 청년세대의 거주 문제를 더 구체적으로 그린다(그림 7).

만 19세 이상 39세 이하 청년, 본인과 부모의 월평균 소득이 전년도 도시 근로자 가구당 월평균 소득 100% 이하(2019년 기준 3인 이하 5,401,814원), 본인이 세대주인 가구로 예술인복지재단의 승인을 받은 예술인이라 3순위 입주자 신청이 가능했다. 집 계약이 만료되기 한 달 전, 임대주택 지원자로 선정이 되었다. 또 이사할 집을 알아보기 시작했다. 이번에는 욕심이 생겨 방과 거실, 주방이 분리되어 있는 집이면 좋겠다는 생각이 들었다. 전세 지원 한도액은 최대 1억 2천만 원이었다. 문제는 그사이에 전세 시세가 또 올랐다는 것이었다. **좀 더 많은 정보를 얻고자 청년주택 정보 카페에 가입해 전세임대 매물을 취급하는 부동산을 중심으로 매물을 알아보기 시작했다. 여성이 혼자 살기에는 안전하지 않은 집들이 많았다. 너무 외진 골목에 위치하거나 집 앞이 어두컴컴하거나, 지하철역에서 먼 곳이 대부분이었다. 겨우 마음에 드는 집을 가계약하고 나면, 집주인이 임 대주택의 복잡한 절차 탓에 마음을 바꾸어 계약을 파기하는 일이 반복되었다.** 가진 돈을 모두 끌어모으고 소액 대출을 받은 끝에 임대보증금 규모를 늘렸다. 몇 주 동안 마음고생하고 은평구 일대를 발품 팔며 돌아다닌 끝에 서울 끝자락에 있는 1억 4천만 원짜리 투룸 전셋집을 구할수 있었다. 입주 날짜에 잔금을 넣고 나니 통장 잔액이 거의 0원으로 수렴했지만, 내 인생 처음 살아보는 전셋집이라는 사실에 감동이 밀려왔다.[82] (볼드체 필자)

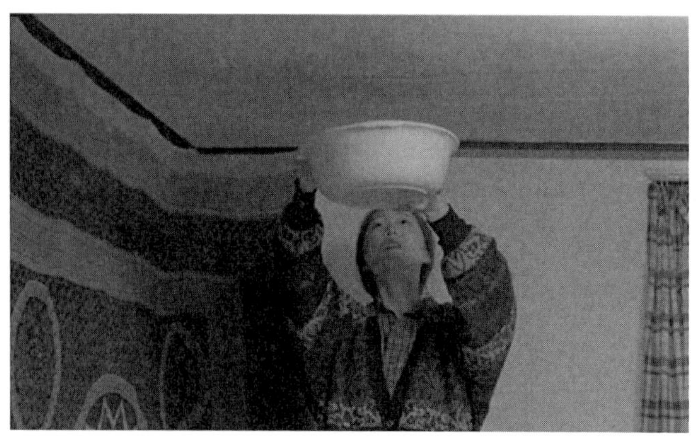

그림7 《버블 패밀리》 스틸컷. 출처: 한국영화데이터베이스(KMDb)

도시에서 집을 구하는 일의 어려움은, 누구 한 사람의 특수한 경험이 아니다. 그것은 우리 도시에서 누구든 느낄 수 있는 집합적 느낌이다. 안전한 집은 어디이며, 어떤 위치가 좋은지, 마음에 드는 집을 계약하기까지 드는 복잡한 대화들, 임대 거주를 위한 더 복잡하고 까다로운 절차들. 도시민이라면 누구나 이와 비슷한 경험을 했을 법하다. 가난을 충분히 증명한 뒤 복잡한 서류를 준비해 임대 지원을 받고, 다시 집주인과의 밀고 당기기를 거쳐, 마침내 한 집에 도달하기까지. 집을 구하기 위해 주인공이 통과하는 시간과 노고는 도시 거주자의 보편적 경험이 되어가고 있다. 기실 집을 얻는 데까지 우리가 느끼는 수많은 감정은 계약서에 담기지 못한 지극히 정동적 수행 과정이다.

그렇다면 진정한 도시 문제란 무엇이어야 할까. 아파트 혹은

                                                        감응도시

강남이 도시 문제라고 단정하는 것으로는 충분하지 않다. 충분한 도시 정책도 아니다.《버블 패밀리》가 보여준 것, 그리고 책에 수록된 부동산 이야기, 우리가 함께 겪어 온 도시 거주의 다양한 어려움들, 끝없이 반복되는 증명과 서류 작업, 안전하지 않은 집들, 계약과 파기의 경계에서 생겨나는 불안과 모멸감, 그리고 그 속에서 형성되는 수많은 정동의 풍경은, 집과 부동산 문제를 정동의 관점에서 다시 인식하고 비평의 언어로 옮겨놓는 과정이 왜 필요한지를 생각하게 한다.

7. 집의 기억을 기록하다 ─《집의 시간들》

소멸하는 것의 정동

모든 사라지는 것에는 소리가 있고, 빛이 있으며, 저마다의 사연이 깃들어 있다. 다큐멘터리 영화《집의 시간들》(라야 감독, 2018)은 집이라는 장소의 흔적들을 통해, 소멸이 단지 없어짐이 아니라 하나의 지난한 과정임을 보여준다. 다큐는 소멸하는 아파트 둔촌주공이 품고 있는 내풍경을 정동들의 긴장으로 그린다. 카메라는 낡은 아파트 단지 안에서 여전히 존재하는 것과 이미 시작된 부재, 고향이라 불리던 안온함과 곧 닥쳐올 상실의 예감, 오랜 풍경의 익숙함과 그 틈으로 침입하는 낯섦 사이의 팽팽한 진동을 포착한다.

그곳에는 끊임없이 이어지려는 삶의 리듬과 그것을 멈춰 세우려는 단절의 압력, 그리고 유동하는 임시적 거주와 정주(定住)의 느낌들이 교차한다.《집의 시간들》은 바로 장소와 장소 상실의 경계에서 도시에서 끊임없이 발생하는 소멸의 정동에 관한 이야기를 시작한다.

고향과 고향 상실

여기서 거의 살았어요. 여기서 제일 많이 살았죠. 제 고향

보다도 더 훨씬 많이 살았죠. 우리 딸의 고향이기도 하고. 그렇지만, 이게 없어지는 게 섭섭하고 하긴 하지만, 근데 언제나 머물러 있을 수 없잖아요.

재건축으로 사라지기 전, 둔촌주공에 살던 한 거주자의 구술이다. 《집의 시간들》에 담겼다.[83] 우리는 흔히 산업화 시대의 이촌향도의 물결이 거세던 한국 경제 부흥 시기, 근대화와 급격한 도시화가 거대한 고향 상실을 만들어냈다고 말하지만, 그 모습은 달라졌어도 고향 상실의 과정은 아직도 반복되고 있다. 고향 상실은 끝나지 않았다.

다만 오늘날의 고향 상실은 재건축과 재개발이라는 이름으로 찾아온다. 낡은 것을 부수고 새것을 건축해 올리는 행위 속에서, 우리는 거주하던 곳에서 밀려나고, 지워지며, 끊임없이 새롭게 고향을 잃어버린다. 현재의 도시에서 재건축을 들여다본다는 것은, 우리가 겪고 있는 고향 상실이 어떤 정동과 감정 구조를 추적하는 일인지를 보여주는 일이다.

서울 강동구, 5,930세대 규모의 거대한 단지. 1980년에 완공되어 단군 이래 최대의 재건축이라 불리며 사라진 곳, 바로 둔촌주공아파트의 이야기다. 이곳은 단순한 주거지를 넘어, 숲처럼 우거진 나무들과 산책로가 어우러진 하나의 견고한 생태계이자, 수많은 거주민의 시간이 겹겹이 쌓인 거대한 기억의 저장소였다.

영화 《집의 시간들》은 이 거대한 콘크리트 숲이 철거되기 직

전, 그 안에서 숨 쉬고 있던 마지막 순간들을 포착한다. 카메라
는 재건축 조합의 갈등이나 부동산 가격의 등락 같은 외부의 논
쟁 대신, 곧 사라질 집 안을 비춘다. 가정방문이라는 형식을 통
해 만난 거주자들은 카메라 앞에 자신의 방, 거실, 창밖의 나무,
그리고 그 공간에 깃든 삶의 내밀한 이야기들을 꺼내놓는다.

제가 태어나고 살았던 집부터 모든 집이 다 없어졌거든요.
빌라까지. 다 없어지는 바람에. 근데 이제 여기도 없어진다고
하고, 지금 계산해 보니까 여기가 제가 살면서 제일 오래 산 집
이더라고요. 어쨌든 전에 살던 집들은 떠나고 나서 몇 년 동안
은 있었어요. 그래가지고 한 번씩 쓱 가보고 혹시나 아직까지
우리 집 앞으로 온 우편물이 있나 한번 살짝 열어보고 그렇게
들여다보곤 했는데. 어느 날 다 허물고 새로 짓더라고요. 이사
를 나가도 여기에 이사를 와도 거기 왔다 갔다 하면서 내가 여
기 살았었지, 살았었지. 그래, 한때 살았었지. 몇 년 전에 살았
었어라고 생각하는 기간이 있었는데 여기서 그냥 딱 나가고
짐 다 싣는 순간 때려 부수기 시작할 테니까. 시간을 안 주는
거잖아요. 제가 떠난 다음에 여기 나 살던 동네라고 생각할 시
간도 안 주고 없어질 거라서 그건 좀 많이 속상해요.

집이 재건축으로 사라지는 것보다, 구술자가 아쉬워하는 것
은 집의 상실을 충분히 애도할 수 있는 시간조차 허락되지 않는

  감응도시

현실이다. 이 말 속에는 끊임없이 변화를 강요하는 도시에서 거주자가 경험하는 정동적 삶이 응축되어 있다. 자본의 논리로 움직이는 도시의 속도는, 거주자에게 장소 상실과 변화에 적응할 수 있는 충분한 애도의 시간을 주지 않는다.

주민의 이주와 동시에 철거를 밀어붙이는 재건축 현장의 속도전은, 거주자가 그곳에서 만들어온 삶의 궤적을 차분히 되짚어 볼 여유마저 빼앗곤 한다. 둔촌주공의 철거뿐 아니라 오늘의 도시 전역에서 반복되는 재건 과정들은, 애도할 틈도 없이 고향을 잃는 경험으로 도시의 내부에 축적된다.

이를 위해, 영화는 집의 안쪽 풍경에 초점을 맞춘다. 사람은 보이지 않는다. 카메라가 집안을 포착할 뿐이다. 그리고 그 위로 거주자의 인터뷰 내용이 흘러간다. 화면에는 집을 이루고 있는

그림8 《집의 시간들》 스틸컷. 출처: DMZ국제다큐멘터리영화제 홈페이지

모든 것, 생활의 흔적과 가구들, 오래된 벽지와 액자, 창밖 풍경과 실내의 공기가 담긴다(그림 8).

사람이 보이지 않는 집의 내면을 응시하는 이 방식은, 재건축이라는 한국 사회의 특수한 현상이 어떤 장소를 지우고 기억을 해체한 것인지, 그럼에도 우리가 집에서 끝까지 지키고 싶어 하는 것이 무엇인지를 역설적으로 드러낸다. 카메라는 낡은 벽지, 손때 묻은 문고리, 창밖으로 보이는 울창한 나무를 비추며, 그 공간이 단순한 콘크리트 덩어리가 아니라 삶의 시간이 물리적으로 퇴적된 장소임을 증명한다. 비록 특정 아파트 단지의 기록에서 출발하지만, 그들의 이야기는 한국의 여러 도시에서 공유되는 장소 상실의 정서를 담고 있기에 보편성을 획득한다. 도시개발의 열기 속에서 우리가 잃어버리고 있는 것은 집이라는 물리적 구조가 아니라, 그 집에 쌓여온 시간 그 자체인지도 모른다.

다큐멘터리 《집의 시간들》은 바로 그러한 집의 시간에 바치는 조용한 애도의 표현이다. 영화는 묻는다. 효율과 이익을 좇는 도시에서, 기억을 나누며 함께 거주한다는 것은 과연 무엇을 의미하는가.

물듦과 낯섦

무엇보다 영화는 익숙한 것의 소멸을 다루고 있다. 여기서 익숙함이란 단순히 쾌적하고 편안한 환경만을 의미하지 않는다. 주민들은 인터뷰에서 녹물, 벌레, 노후한 시설 등 일상의 불편함을 먼저 떠올린다. 그럼에도 그들의 몸은 이곳의 낡은 환경과 정동적 분위기에 깊이 스며들어 있었고, 또 그런 만큼 깊은 애착을 품고 있다.

그래서 주민들은 재건축 소식을 반기면서도 동시에 그것을 하나의 장소 상실로 받아들인다. 집이 사라진다는 것은 사람과 사람의 관계뿐 아니라, 장소와 사람이 오랜 시간 맺어온 장소감이 함께 지워짐을 의미하기 때문이다. 《집의 시간들》이 말하는 익숙한 것의 소멸은, 결국 이렇게 몸에 밴 생활의 리듬과 관계의 결이 한꺼번에 끊기는 보다 근원적인 차원의 상실로 읽어야 한다.

처음에는 그 관찰하는 눈빛이 너무 싫었는데 저도 어느덧 여기서 7년 넘게 살다 보니까 어느 순간 그런 눈빛으로 사람들을 보고 있더라고요. 저도 모르게 물들어가고 있구나 싶은 느낌도 들었어요. 근데 어느덧 나도 **이 사람들과 같이 물들었는데 이제 재건축을 하게 되면 또 다른 데 가서 다르게 또 물어야 하는 게, 그동안 너무 많이 그렇게 살아서 그런지, 이제는 그런 것도 좀 싫더라고요.** 애들하고도 재건축하면 어디로 가서 살지 얘기하면서 "너희가 대학교를 어디로 갈진 모르겠지만, 그쪽으로 이사할까?" 물어보니 그 전엔 한 번도 그런 얘기를 안 하던 애들이 갑자기 "그냥 이 동네서 살지 어디를 가요?" 이러는 거에요. 이사 가면 친구들이랑 못 만나지 않냐며

싫다고 하더라고요. 길만 지나가도 쉽게 친구들을 볼 수 있는 동네니까 그런 느낌이 우리 애들한테도 생겼더라고요.[84](볼드 체 필자)

현대 도시의 삶은 잦은 이사의 연속이다. 우리는 자의든 타의든 끊임없이 짐을 싸고 풀며, 도시를 유목민처럼 떠돌며 살아간다. 위에 인용한 구술에서도 드러나듯, 도시에서 7년 넘게 한 집에 산다는 것은 드문 일이 되었다. 그런 점에서 둔촌주공아파트는 오랫동안 유지됨으로써, 도시의 일반적인 풍경에서 잠시 비켜 서 있던 예외적인 공간이라 할 수 있다. 역설적인 것은, 이렇게 이동이 일상화된 도시에서조차 사람들은 정작 자신이 살던 동네를 떠나는 것에 대해서는 어려워한다는 점이다. 누적된 집의 시간만큼 거주자에게 아파트 단지는 자연스럽게 마을로 인식된다.

집의 시간이 만드는 익숙함의 정동은 집을 판단하는 기준이 되기도 한다. 예컨대, 재건축 이후 이사할 곳을 선택할 때, 익숙함의 정동은 영향을 미친다. 위 인용문에서, 구술자는 장소의 익숙함을 아파트와 사람들, 그리고 자신이 서로에게 서서히 "물드는" 과정으로 설명한다.

반대로 일시적인 거주만을 허락하는 도시는 장소와 사람을 깊이 알아갈 시간을 주지 않는다. 관계의 익숙함을 대신하는 것은 스쳐 지나가는, 의미 없는 피상적인 마주침뿐이다. 그것은 이

                                    감응도시

미 우리 도시의 일상적인 풍경이다. 마주침 없음의 감각은 오늘날 도시의 삶을 구성하는 정동적 분위기로 자리 잡은 듯하다.

둔촌주공 거주자들은 떠날 준비를 하면서도 마음은 여전히 지금의 집과 동네에 깊이 뿌리내리고 있다. 그래서 이곳을 떠나야 한다는 사실을 머리로 자각하면서도, 장소에 대한 애착으로 마음이 복잡하기만 하다. 상실감, 불안, 낯섦, 염려와 같은 복합적인 정동이 소용돌이친다. 재건축은 바로 이처럼 머물고 싶은 마음과 떠날 수밖에 없는 현실 사이의 균열을 한꺼번에 드러내는 정동적 사건이다.

재건축이 너무나 당연한 일로 여겨지는 도시에서, 왜 마을 기반의 공동체를 새로 만들거나 오래 유지하는 일이 그토록 불가능에 가까운 어려운 일인지, 영화는 보여주고 있다.

리듬과 단절

또한 영화는 아파트 풍경을 고유의 내적 리듬을 지닌 하나의 세계로 표현한다. 콘크리트로 지어진 물질적 구조물이면서도, 그 안에는 눈에 보이지 않는 무수한 흐름이 존재한다. 사람과 사물, 단지의 나무와 바람, 계절과 날씨가 오랜 시간 축적되면서 이곳만의 장소 체계가 만들어진다. 나무들이 만들어내는 자연의 리듬, 등하교 시간마다 반복되는 아이들의 리듬, 단지를 느릿하게 가로지르는 발걸음의 리듬, 하루를 여닫는 생활의 리듬이 겹겹이 포개져, 둔촌주공만의 시간을 구성한다.

집 안뿐만 아니라 주변 환경도 정말 좋아하는데, 우리 집이 서향이라서 해가 지면 집 안으로 깊숙이 드는 햇볕이랑, 그럴 때 창가에 둔 화분들이 그림자를 만드는 것도 예뻐요. 아파트 단지 뒤에 있는 절에서 애매하게 배가 고픈 시간에 들리는 종소리도 좋아해요. 저희 동 앞에 1층 아주머니가 심어놓으신 야생화들도 예쁘고, (중략) 집 뒤로 이어져 있는 메타세쿼이아 길을 햇살 좋은 날에 산책하는 것도 좋아해요. 정말 이 집, 이 동네에는 사랑할 수밖에 없는 것들이 너무 많은 것 같아요. (중략) 아파트에 살고 있지만 숲속에 살고 있는 것 같은 느낌을 받아요. 여기는 수종도 다양하고 정말 많은 나무가 있는데 그런 것들이 재개발되면 구제되지 못하고 사라진다는 게 제일 아쉬워요. **여기가 사라지면 아마 이번 인류는 아파트 단지에서는 이런 걸 다시 맛보지 못할 거예요. 이런 느낌의 아파트는 아마 다음에는 절대 생기지 않을 거 같거든요. 왜냐하면 일부러 만들 수가 없으니까요**.[85] (볼드체 필자)

사라지는 것들은 마지막 순간에야 비로소 그 얼굴을 드러낸다고 했던가. 아파트에서 숲을 느낀다는 주민의 감탄 섞인 말은, 역설적으로 숲이 곧 사라질 운명에 놓여 있기 때문에 더 절실하게 다가온다.

인공적으로 조성된 주거 단지 속에 긴 시간 스며든 자연의 시간이 둔촌주공의 장소성을 만들어냈다. 이것은 최신 기술로 조

 감응도시

경을 설계한다고 해서 재현될 수 있는 성질의 것이 아니다. 한 거주자가 "여기가 사라지면 아마 이번 인류는 아파트 단지에서는 이런 걸 다시 맛보지 못할 거예요"라고 말하는 이유도 여기에 있다. 40년이라는 시간의 퇴적 없이는 불가능한 풍경이기 때문이다.

교환 불가능하고 대체할 수 없는 풍경을 포착하기 위해 카메라는 과도한 기교 없이 오랫동안 렌즈를 열어둔다. 영화는 아파트 낡은 외관과 나무들, 텅 빈 복도와 창틀 위로 거주자의 내밀한 목소리를 보이스오버로 덧씌운다. 화면 속에 화자는 있으나 형상은 없는 이러한 화면 구성은, 마치 아파트라는 공간 자체가 행위자가 되어 말을 건네는 듯한 물활론적 상상력을 불어넣는다.

정지된 사물들이 말하는 듯한 아파트의 내풍경 속에서, 아-푸 투안이 말한 장소애(topophilia)의 실체가 드러난다. 장소에 대한 사랑은 갑자기 생겨나는 감정이 아니라, 사물과 인간, 환경이 서로에게 뿌리내리는, 서로가 물드는 과정이었음이 증명된다.[86]

임시 거주와 정주

이제 우리가 곧 떠나게 될 텐데 아직 사실 애기가 없어요. 그래서 참 다행이라고도 생각이 들면서도 이렇게 정해지지 않는 게 사람을 더 불안하게 만든다는 생각도 들어요. 언제 내가 어떻게 될지 모른다라는 거, 이게 아무것도 정해지지 않은 상태로 계속 사람들이 이렇게 사는 게 집에 뭘 할 수 없게 만드는 요인인 것 같아요. 저도 이 집에 와서 많이 좋아하고, 이 집에 있는 게 너무 좋은데, 커튼을 달까 말까를 계속 고민하게 되더라고요. 이게 어차피 내년에 나갈 거 뭐 이런 생각을 하게 되면 이 집에 맞춰서 뭔가를 투자하는 게 아깝다는 생각이 저도 들더라고요. 그래서 재건축이라는 게 어떻게 보면 사람들이 집을 더 사랑하지 못하게 하는 것이 아닐까 하는 생각을 많이 했었고요.

집을 더 좋아하고, 아끼며 나다운 공간으로 만들고 싶은 마음과, 어차피 곧 나갈 거라는 냉소적인 계산 사이에서 망설일 때, 거주자의 실존적 불안이 싹튼다. 진정한 의미의 정주란, 내가 이곳에 계속 머물 수 있다는 최소한의 지속성이 보장될 때 비로소 가능한 행위이기 때문이다.

반대로 재건축으로 인한 이주의 확실성은 역설적으로 거주자의 삶 전체를 불확실성으로 몰아넣고, 지금 살고 있는 집과 나 사이의 관계를 헐겁게 만들며 애착을 유예한다. 구술자의 탄식처럼, 재건축은 결국 우리가 집을 온전히 사랑하지 못하게 가로막는다. 삶은 여기서 산다는 뿌리 내림의 감각이 아니라, 잠시 머무르는 임시 거주의 형태로 변형한다. 그래서 둔촌주공을 지배하는 공기는 재건축 이익에 대한 들뜬 기대감만이 아니다. 이면에는 고향 상실, 낯섦, 단절, 임시성의 정동이 깔려 있다.

곧 허물어질 곳, 머지않아 떠나야 할 곳이라는 시한부 조건이 현재의 삶 전체를 일종의 유예 상태로 만든다. 벽지를 새로 바르 거나, 화단을 가꾸거나, 집에 정성을 들이는 행위들은 모두 경제 적으로 비효율적이고 무의미한 낭비처럼 치부된다. 어쩌면 도시 의 삶이 그와 같지 않을까. 우리는, 사라질 것들에 마음을 주지 않으려 애쓰며, 도시에 진정으로 거주하는 법을 잊어간다.

한때 집은 누군가의 우주였다

거주함의 본질

집은 단순히 우리가 들어가 사는 물리적 공간이 아니다. 집 은 훨씬 더 능동적이다. 한 거주자의 말처럼, 집은 매 순간 나를 생성하는 곳이다. "아파트라고 해도, 내가 내 집을 짓는 느낌이에 요."라는 한 거주자의 고백은 바로 이러한 맥락에서 이해되어야 한다. 아파트는 공장에서 찍어낸 듯한 규격화된 기성품이다. 하 지만 거주자는 이 획일적인 아파트 공간을 나만의 고유한 장소 로 끊임없이 다시 짓는다. 층마다 동일한 구조로 지어진 콘크리 트 상자 안에서, 삶은 집을 짓는 감각을 복원한다. 가구를 배치 하고, 가구와 가구 사이에 마음이 머물 정거장을 만들 듯 자신 만의 장소적 체계를 세운다. 그리고 그 안에서 세계를 향해 나아 갈 힘을 얻을 때, 비로소 차가운 기성품은 집(home)이 된다.

거주자는 집에 거주함으로써 집이 무엇인가로 되어가는 생 성의 과정에 참여한다. 단순히 공간을 점유하는 것이 아니라, 공간과 상호작용하며 서로를 변화시키는 것이다. 바로 그럴 수 있을 때, 집은 인간의 삶에 중심이 된다. 우리가 집과 함께 삶을 만들어가고 있다는 감각, 그리고 집이 곧 나의 우주라는 인식은, 집을 짓듯 살아가는 이러한 내밀한 경험 속에서 비로소 출현한다.[87]

부모님이 골라놓으셨던 그런 느낌의 가구들이 있어요. 무거운 느낌에. 제가 꾸며놓은 공간은 이건데, 처음 보시는 분은 되게 되게 이질적이다, 이렇게 느낄 수 있는데, 저는 늘 같이 해왔던 것들이기 때문에, 약간 **이렇게 저도 만들어져 가고 있는 게 아닌가.** (중략) 바빠서 집에 사실 신경 쓸 겨를은 별로 없다가 어느 날 딱 들어왔는데 일단 사람 소리가 없는 것. 들어보면 고요하고 되게 낯선 집에 들어가는 느낌이 나는 거예요. 내가 여기에 살고 있나 그런 낯선 느낌이 어느 날 들어왔을 때, 그 적막감이랑 낯선 느낌 그게 되게 싫어가지고 그때부터 조금씩, 맞아 나 이런 거 하고 싶었었지, 이러면서 이제 내 느낌 나는 거 이제 꺼내놓고 붙여놓고 갖다 놓고 (중략) 이렇게 하면서 이 공간을 만들어갔던 것 같아요. 저는 이 집이 저한테 영감을 주는 곳이 되었으면 좋겠다는 생각을 해요. 집에 와서는 이제 되게 나로서 있을 수 있는 (중략) 공간도 나를 닮았으면 좋겠고 그렇게 될 수밖에 없을 것 같고.(볼드체 필자)

감응도시

구술자가 집이 자신을 닮았으면 좋겠다고 말할 때, 그것은 집이 단순한 물리적 객체가 아니라 나와 상호작용하는 존재임을 시사한다. 우리는 흔히 우리가 집을 만든다고 생각하지만, 집 또한 우리를 만든다. 이 상호 만듦의 과정은 집과 내가 끊임없이 무언가로 변해가는 생성의 과정이라 할 수 있다. 위 인용문에서 구술자가 처음 집에 들어왔을 때 느꼈던 낯설고 적막한 공기를 떠올려 보자. 나와 집 사이에 서로 만듦의 과정이 부재한다면, 집은 비록 집이라 불릴지라도 여전히 타자처럼 낯선 공간일 뿐이다. 모든 작용이 눈에 보이는 것은 아니다. 하지만 이러한 내풍경이야말로 집이 지닌 본질적인 의미가 무엇인지 증명한다.

집을 생명이 없는 차가운 건물로 바라보기보다, 집 자체도 하나의 행위자로 작용하고 있음을 인정할 때, 거주자의 삶이 행위를 허락할 때, 집은 거주자의 몸에 보이지 않는 질서와 리듬을 부여한다. 우리는 그렇게 집과 함께 늙어가고, 집은 나를 닮아간다. 자본과 개발로 질주하는 도시의 속도는 이러한 집의 시간을 더 이상 허락하지 않는다.

요새는 기본 아파트를 지으면 20층 30층 이렇게 짓잖아요. 근데 요즘 보면 항상 깨닫게 되는 게 한 10층만 돼도 아파트도 되게 정겨워 보일 수도 있고 갑갑하지 않구나, 라는 생각을 많이 하게 돼요. 그게 꼭 이제 30층은 별로다 이런 얘기는 아니고요. 제가 살아왔던 단지들을 면밀히 생각해 보면은 올림

픽 아파트 같은 경우에는 30층도 있고 10층도 있고 5층도 있고 이렇게 다양하게 이게 배치돼 있어가지고 그런 게 되게 자연스럽게 느껴지는데, 지금 살고 있는 파크리오 같은 경우에는 다 1층에서 33층 사이에, 그게 쫙 있다 보니까 멀리서 봤을 때도 그냥 벽같이 이렇게 보이고 어떻게 보면 좀 무섭다고 해야 되나? 좀 그런 느낌을 많이 받는 것 같아요. **처음에 왔을 때 느낌이 자연이 이 단지를 받아주지 못하는 것 같은 느낌을 받았어요. 나무들이 실제로 많이 죽어가지고 계속 이제 이식했다고.**(볼드체 필자)

위 인용문에서 현재 우리 도시를 에워싼 풍경이 구체적으로 어떤 감각으로 다가오는지 생생하게 보여준다. 거대한 성벽처럼 둘러쳐진 아파트 단지 안에서, 과거의 아파트나 골목길이 품고 있던 공동체적인 마을을 떠올리기란 쉽지 않다. 구술자가 느낀 무서움의 근원은 바로 이 아파트 단지가 뿜어내는 압도적인 힘, 비인간적인 느낌에 있다. 억지로 이식된 나무들이 낯선 땅에 뿌리 내리지 못하고 말라 죽어가는 것처럼, 도시의 거주자들 역시 낯섦과 상실감 속에서 위태롭게 살아간다. 그것은 도시에 뿌리를 내리지 못하고 끝없이 부유하는, 장소 상실의 일상화 과정이라고도 할 수 있다.

장소감은 소거되고, 장소를 기반으로 형성되던 공동체의 기억 역시 빠르게 퇴색한다. 장소감이 사라진 빈자리를 채우는 것은 오직 발전주의에 기댄 거대한 스펙터클뿐이다. 오늘날 도시에 새로 지어지는 아파트들은 땅이 품은 장소의 역사나 마을 고유의 분위기와는 무관하게, 거대한 벽처럼 도시 여기저기에 불쑥 솟아올라 있다.

그렇게 풍경은 단절되고, 도시의 리듬은 아파트 단지의 높은 담벼락 앞에 뚝 끊겨버린다. 한국의 아파트가 지난 반세기 동안 만들어온 거대한 힘이, 이제 거주자의 몸에 무서움이라는 정동으로 발현되고 있다.

겹겹이 쌓인 집의 시간들

집은 공간인 동시에 시간이다. 집의 모든 장소, 모든 구석에는 거주자의 시간이 켜켜이 쌓여 있다. 아파트 내부와 외부의 사물들은 이러한 집의 시간과 긴밀하게 연결된다. 낡고, 흠집이 생기고, 부서지고, 소실되고, 녹슨 모든 시설물은 그 자체로 고유한 정동적 인프라이기도 하다. 둔촌주공은 오래된 장소만이 가질 수 있는 정동의 기후를 형성한다. 덕분에 아파트 밖에서 숨 가쁘게 돌아가는 도시의 시간들이 이곳에서는 잠시 머물고 정지한다.

영화 《집의 시간들》이 아파트를 구성하는 사물들의 풍경에 집요하게 관심을 갖는 이유도 여기에서 찾을 수 있다. 겹겹이 쌓인 시간이 사라지지 않고 깊어지면서 공간에 독특한 분위기를 물들이기 때문이다. 분위기의 근원에는 거주자뿐 아니라 사물들도 있다. 복도, 엘리베이터, 표지판, 길, 계단, 정원, 숲, 공원, 벤치, 놀이터 등 아파트를 구성해온 사물들과 거주자가 맺어온 무수한 마주침이 이곳의 분위기를 형성한다. 장소와 장소가 연결되고, 사물과 사물 사이에 길이 만들어지며, 하나의 유기적인 체계를 이루기까지 시간이 흐르면서, 아파트에 하나의 세계가 만들어졌다.

아파트라는 장소의 세계는 어느 한 사람의 것이 아니다. 매일 조금씩 다르게 행한 일상, 그 차이의 반복이 녹아 있다(그림 9). 재건축은 단순한 물리적 철거를 넘어, 거주자의 존재론적 기반을 형성해온 한 세계의 소멸을 의미한다.

재건축은 단지 헌 집을 새집으로 교체하는 기능적인 사건 이상이다. 아파트를 둘러싼 나무와 사람들, 콘크리트 건조물 사이

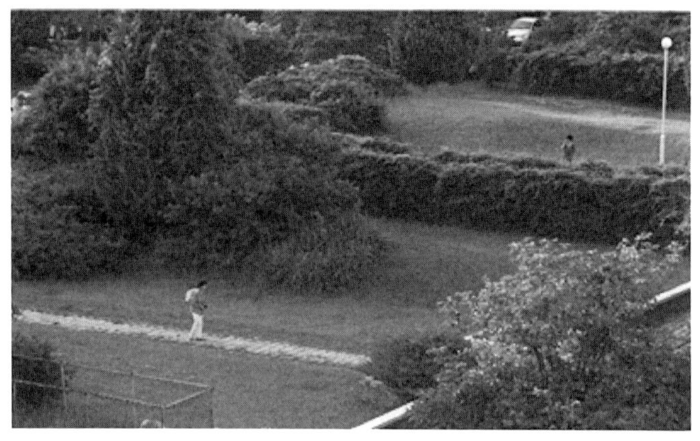

그림9 《집의 시간들》 스틸컷. 출처: DMZ국제다큐멘터리영화제 홈페이지

감응도시

에 구축돼온 수많은 장소의 체계들, 정동들, 통로들, 세계들이 하루아침에 사라지는 상실의 과정이다.[88] 익숙한 나무 그늘이 베어지고, 아이들이 숨바꼭질하던 놀이터와 쉼터가 사라질 때, 거주자의 내면에서도 세계를 만들고 해석해온 시간들 또한 영원히 사라지게 된다. 그것은 한 시대가 겪는 거대한 장소 상실의 경험을 표상한다.

함께 거주함에 관하여

오래된 아파트의 정동적 가능성

자본의 논리로만 재건축의 의미를 해석하려는 시도에 맞서, 도시 거주자가 할 수 있는 저항에는 기록이라는 수행이 있다. 이때의 기록은 아파트의 면적이나 세대수 같은 데이터를 남기는 일이 아니다. 그것은 사라져 가는 장소의 미세한 떨림과 감응들을 포착하는 과정이다.

도시 기록은 서울 전체의 거시사(史)가 될 수도 있고, 미시적인 개인의 사생활이 될 수도 있다. 카메라가 포착한 것은 집안 풍경뿐만이 아니다. 종소리, 새소리, 햇살의 각도, 바람의 결, 야생화들. 사람과 사물이 얽혀 만들어낸 둔촌주공아파트의 내풍경은 비록 기록의 대상이 물리적으로 사라진다 해도, 기록을 통해 둔촌주공은 누군가의 감각 속에서 다시 삶을 이어간다. 기록은 그 자체로 소멸하는 도시의 일부이자 새롭게 만들어지는 도시의 풍경을 감광하는 공명 과정이다. 기록이 정동적 쓰기가 되는 것은 바로 이런 의미를 내포한 것이라고 할 수 있다.

또한 이러한 기록의 과정에서 주목해야 할 점은, 둔촌주공의 이야기가 기록이라는 수행을 통해 이미 물리적 아파트의 경계를 넘어섰다는 사실이다. 둔촌주공의 개별 서사가 도시 전체의 집합적인 분위기와 연결된다. 장소 상실이 만드는 정동의 흐름은 아파트 단지의 담장을 넘어 외부의 타자들을 불러들였다. 둔촌주공의 기록 프로젝트는 최초의 발화자인 거주자 이인규의 외침에서 시작되었지만, 이내 그 목소리에 공명하는 수많은 외부인의 합류로 이어졌다. 그중 가장 상징적인 마주침은 영화《집의 시간들》을 연출한 라야 감독과의 만남이다.

사실 라야 감독은 둔촌주공의 주민이 아니었다. 이 아파트에 살아본 적도, 연고도 없는 완벽한 외부인이었다. 우연히 아파트의 생애를 기록한 이인규의 『안녕, 둔촌주공아파트』(2013~2016) 시리즈[89]를 접한 후, 카메라를 들고 이곳을 찾았다. 이렇게 해서 내부자의 시선과 외부자의 시선이 마주치면서 거주/비거주라는 이분법적 경계를 넘어 사라지는 것에 대한 애도에 참여했다. 이러한 접속은 비단 예술가들에게만 국한되지 않았다. 시민과 활동가들이 둔촌주공으로 모여들었다.

이것은 무엇을 의미하는가? 도시에 흩어져 있던 개인들이 둔촌주공이라는 현장을 매개로 서로 접속하면서 정동적 연대를 이뤄낸 것이라고 할 수 있다. 결국 도시가 차가운 콘크리트 덩어리가 아니라 공통의 감응-장임을 역설적으로 보여준다. 아파트가 사라져가는 과정을 기록함으로써, 도시에 잠재되어 있던 보이지 않는 상실의 정동들이 연결되기 시작했다. 정동적 쓰기가 가진 공명 효과다.

몸에서 몸으로, 장소에서 또 다른 장소로 이동하며 상실의 정동들은 도시의 다른 무수한 상실감들과 결합하고, 마침내 새로운 집합적 정동을 생성해낸다. 도시는 언제나 이미 다양하고 이질적인 정동들의 아상블라주로 존재한다.

아파트 키즈, 그리고 나무와 고양이

이러한 공명의 과정은 근본적으로 우리가 도시를 다시 바라보게 만든다. 자본의 논리는 노후한 아파트를 철거하고 신축 건물을 올리는 것을 발전이라 부른다. 하지만 감응적 현실은 그것이 상실의 아픔이고 애도의 과정이라고 말한다. 둔촌주공의 기록-수행은 너무 빠른 속도로 변화에 적응하면서 살아온 도시 거주자들이, 도시의 일반적인 흐름과는 다른 리듬을 만들어내는 시도다. 영화-쓰기라는 미학적인 수행은 설계자 중심의 도시에서 거주자 중심의 도시로 관점을 이동시킨다. 둔촌주공을 비롯해 개포, 과천 등지에서 일어난 주공아파트 기록 운동은 이러한 전환의 생생한 증거다.

흥미로운 것은 그 중심에 아파트 키즈가 있다는 점이다. 아파트에서 나고 자라난 아파트 키즈는 디지털 역량을 갖추고, 삭막

한 콘크리트 단지를 고향으로 감각하며 이를 SNS에 기록한다. 실제로 둔촌주공의 기록 프로젝트를 기획하고 주도했던 이인규 역시, 그곳에서 유년 시절을 보낸 아파트 키드다.

이와 비슷하게 개포주공아파트에서 진행된 도시 기록 운동 〈개포동 그곳〉 역시 아파트 키즈가 주축이 되었다. 그들은 주민들이 모두 이주하고 텅 빈 단지에서, 여전히 지속되는 풍경을 포착했다. 그들이 주목한 것은 재건축으로 베어질 위기에 처한 나무-숲이었다. 하늘을 찌를 듯 자란 메타세쿼이아와 수많은 종류의 수목들은 개포주공의 키즈에게 대체 불가능한 고향의 원풍경으로 기억된다.

이러한 방식의 기억하기는 도시 거주자의 범위를 인간에서 도시 생태계로 확장하는 시선의 전환을 가져왔다. 40년이라는 시간 동안 아파트 높이를 훌쩍 넘어서까지 자라난 나무 숲은, 콘크리트 아파트에서 다양한 생명들이 우리와 함께 거주했음을 자각하게 만든다. 프로젝트팀은 아파트에 살았던 거대한 초록의 입주민들이 베어지기 전 시민, 예술가와 함께 〈나무 산책 프로그램〉을 진행했고, 서울역사박물관은 이를 생활사 기록으로 남겨 전시했다. 이는 비단 아파트 주민만의 문제가 아니었다. 도시에서 살아가는 수많은 사람이 일상적으로 경험하는 무장소성, 그리고 그로 인한 상실의 정동들이 아파트 밖의 사람들을 이곳으로 불러 모은 것이다.

감응도시

도시, 인간과 비인간의 공동작품

장소 상실은 언제나 일어날 수 있고, 선악의 문제도 아니다. 중요한 것은 우리가 장소를 대하는 태도다.[90] 무장소성, 혹은 장소감이 사라진 풍경이 도시를 지배할 때, 삶은 피상적이고 파편화된다. 개포주공의 나무 산책이 생태적이고 미학적인 접근이면서 동시에 애도의 의례인 이유가 여기에 있다.

장소감이 형성되기 위해 시간이 필요하듯, 이별에도 충분한 애도의 시간은 필요하다. 재건축으로 사라지는 것은 집의 시간들이자 하나의 고유한 세계다. 충분히 애도해야만 상실의 정동은 우리가 다른 곳으로 이주해 새로운 집을 만들어갈 긍정적인 힘으로 변형될 수 있다.

이러한 시선은 아파트의 또 다른 거주자 동물에게로 이어진다. 둔촌주공에서 진행된 〈둔촌냥이 이주 운동〉은 동물과 인간이 함께 살아가는 도시의 삶을 고민하게 했다. 정재은 감독의 다큐멘터리 《고양이들의 아파트》(2022)는 철거 직전까지 고양이들을 구조하는 과정을 통해, 아파트의 거주자가 사람들만은 아니었음을 보여준다.[91]

이렇듯 최근의 도시 기록 운동은 도시를 인간과 비인간 사이의 감응 과정으로 이해함으로써 오늘의 도시를 다르게 볼 수 있는 시선을 열어준다. 도시란 무엇이고, 집이란 어떤 장소여야 하며, 나아가 우리가 함께 산다는 것이 무슨 의미인지 다시 생각하고 느끼게 만든다.

도시의 거주자는 인간으로 한정될 수 없다. 고양이와 나무, 숲, 어쩌면 도시 자체를 행위자로 포함해야 할지도 모른다. 앙리 르페브르가 말한 도시라는 공동 작품의 의미는, 바로 이 지점에서 인간과 비인간이 함께 만들어내는 거대한 공동 작업으로 재구성된다.

다시, 마주침의 도시를 위하여

이 책은 하나의 질문에서 출발했다. 우리는 어떻게 도시에서 살고 있는가. 서로를 마주치는가. 지도나 통계, 정책과 자본이 쓴 도시가 아닌, 거주자의 몸이 써 내려가는 생생한 삶의 결을 읽어내고자 했다. 언어가 쓴 도시의 문장들 사이, 미세한 틈새에서 끊임없이 새어 나오는, 보이지 않는 도시의 이야기들에 귀를 기울였다. 이를 위해 몸과 사물, 환경이 서로 얽히고 스며들며, 마침내 집합적인 파동이 되어 흘러넘치는 현장을 감응 도시라 이름 붙였다.

감응 도시란 우리가 이미 매일 살아내고 있으면서도, 기존의 언어로 충분히 포착되지 않았던 도시의 실존적 양태를 드러내기 위한 개념이다. 도시를 고정된 배경이 아니라 끊임없이 흐르는 정동적 리듬으로 바라볼 때, 그곳에는 전혀 다른 무늬의 내풍경들로 다시 떠오른다. 불안과 기대, 공포와 희망이 뒤엉켜 만들어내는 도시의 살아 있는 지형도가 비로소 모습을 드러낸다.

사실 감응 도시는 거창한 이론 체계가 아니다. 우리가 어떻게 함께 거주하며 거주할 수 있는가를 묻기 위한 실천적 제안이다. 함께 거주한다는 것은 도시에서 마주치는 수많은 이질성과 타자성을 지우지 않으면서, 서로에게 틈을 내어주는 일이다. 나의 우주가 타자의 우주와 얽혀 있음을 인정하고, 서로의 두려움과 욕망, 애착, 상처가 뒤섞인 감응의 장을 외면하지 않는 태도다. 따라서 이 책은 익명성에 기대어 서로에게 무관심했던 삶에서 벗어나, 우리 곁의 타자, 나무와 숲, 동물, 그리고 이웃들을 재발견하려는 시도였다.

오늘날 도시 문제는 서로 상충하는 사안들이 복잡하게 얽혀 있다. 어느 한 독법으로 도시의 전체성을 해석하기란 불가능하다. 우리는 이미 의심하면서도 휩쓸리듯 불안정성 사회로 진입했고, 어느새 각자도생, 고립, 불안, 상실, 공허함 같은 정동들에 포위되어 있다. 그럼에도 우리가 진정한 마주침의 도시를 고민해야 하는 이유는 명확하다. 이러한 부정적 정동들이 예측 불가능한 불운의 세상을 낳기 전에, 우리가 함께 생각하기-느끼기의 연대를 시작해야 하기 때문이다. 이 책이 도시 문제를 교환가치가 아닌, 장소가 품은 정동적 가치로 다시 읽으려 했던 것도 같은 맥락이다.

도시에서 함께 거주한다는 것은, 서로에게 감응하며 공통의 서사를 만들어가는 과정이다. 우리는 도시를 소비하는 수동적

                                    감응도시

인 사용자가 아니다. 도시를 창조적으로 다시 쓰는 공동 주체다. 자본과 권력, 혹은 도시 계획가들의 청사진으로 도시는 구축되지 않는다. 우리의 몸, 걷기와 멈춤, 말과 침묵, 응시와 외면, 관심과 주의, 일상의 사소한 몸짓이 오늘의 도시를 만든다.

도시를 에크리튀르로 정의한 이유도 여기에 있다. 영화 속에서 발견한 내풍경들은 쓰기의 생생한 증거들이다. 끊임없이 다시 쓰이는 도시에서 함께 거주함의 의미를 묻는다.

미주

보이지 않는 도시, 읽기

1) 나이절 스리프트는 도시와 공간이 고정된 물리적 실체가 아니라, 몸의 움직임과 실천을 통해 끊임없이 생성되는 과정임을 강조한다. 그는 저서 『비재현 이론』에서, 몸이 단순히 사회적 기호가 새겨지는 수동적 표면이 아니라, 사물과의 관계 맺기를 통해 공간을 능동적으로 직조하는 공간의 역학 그 자체라고 설명한다(3장 「거의 현재에 가까운 정물 (Still life in nearly present time)」). 우리의 공간 감각은 춤과 같이 몸의 실천들이 만들어내는 겹겹의 관계망 속에서 형성된다.
(Nigel Thrift, *Non-Representational Theory : Space, Politics, Affect*, Taylor & Francis Group, 2007. ProQuest Ebook Central, http://ebookcentral.proquest.com/lib/khu/detail.action?docID=332384.)

2) "도시적 현상은 사회적 실천 전체를 포함하는 전체 현실로서 나타나지만(총체적이라고 할 수도 있다), 이 전체성은 즉각적으로 파악할 수 없다. 전체로 나아가려면 수준별로,, 단계별로 진행하는 것이 적절하겠지만, 각각의 과정에서 장애물과 난관을 피하면서 위험을 감수해야 하기에 이는 어려운 과정이다. 이분만 아니라 시행착오를 겪고 전진하는 매순간 이데올로기적 해석이 돌출해 그 즉시 사태가 환원적이고 파편적인 실천으로 변화하기도 한다. 훼손된 실천에 상응하는 전체화 이데올로기를 잘 보여주는 사례는 경제적 공간 및 [공간] 정비 계획의 재현이다. 이러한 재현은 사회적 발전을 산업적 성장으로 흡수하고, 도시적 현실을 계획 일반에 종속시켜 특정 도시 공간을 말끔

하게, 간단하게 사라지게 만든다. 이처럼 공간 정책 속에서 공간은 사물, 사람, 기계, 산업현장, 유통, 네트워크를 받아들이는, 동질적이고 비어 있는 환경으로 인식된다. 공간에 대한 이러한 재현은 제한적인 합리성의 논리에 기반하여, 도시적인 것 그리고 거주함 속에서 나타나는 차이 공간들을 축소하고 파괴하는 전략을 촉진한다."(앙리 르페브르(Henri Lefebvre), 『도시 혁명』, 신승원 옮김 (지식을만드는지식, 2024), 전자책, 제3장 「도시적 현상」)

3) 이 책에서 정동(affect)과 감정(emotion)을 구분하면서 정동의 과정에 관해서는 감응(resonance)이라는 용어를 사용한다. 엄밀한 이론적 층위에서 이들은 구별하는 것이 일반적이다. 감정이 언어와 의미망에 포획되어 기쁨, 슬픔처럼 이름이 붙은 상태라면, 정동은 그 이전 신체에 미치는 세기, 즉 강도(intensity)이자 의미화되지 않은 잠재력이다. 그러나 우리가 도시를 경험할 때 이러한 상태들은 칼로 자르듯 나뉘지 않는다. 미세한 신체적 떨림(정동)은 어느 순간 구체적인 슬픔이나 분노(감정)로 응축되고 집합적인 분위기(정서)는 다시 개인의 신체를 자극하는 에너지(정동)로 되돌아온다. 서로 침투하고 변형시키며 순환한다. 특히 이 책에서 자주 등장하는 감응(感應)이라는 단어는 스피노자의 정의, 즉 "정동하고 정동되는 능력(to affect and be affected)이 지닌 뉘앙스를 우리말로 옮긴 것이다. 감응은 단순한 심리적 반응이 아니라, 나와 타자, 몸과 환경이 서로에게 영향을 주고받으며 함께 변형되어 가는 관계적 운동성이다. 이 책에서 이 용어들은 고정된 명사가 아니라, 도시의 에너지가 상태를 바꾸며 흐르는 하나의 연속된 과정으로 이해된다.

4) 감응 도시는 필자가 한국 사회의 공간과 정동의 관계를 탐구하며 지속적으로 천착해 온 화두다. 필자는 앞선 연구들을 통해 분단과 냉전의 접경지역(DMZ, 철원), 산업화와 구조조정의 위기를 겪는 산업도시, 자본주의 욕망이 집약된 강남 아파트 단지, 그리고 생태적 재난의 현장(후쿠시마, 4대강)이 어떻게 거주민의 신체와 기억에 감응하는지를 추적해 왔다. 이 책은 이러한 공간적 탐구의 총체적 결과물이다. 필자의 선행 연구는 다음을 참조할 것. 「팬데믹 사회의 감정구조와 미학적 대응 양상 – 2020년에 출판된 팬데믹 소설 앤솔로지를 중심으로」, 『문화와융합』 44권 1호 (2022): 309-330; 「도시 글쓰기를 통해 본 강남의 정동(情動)적 경관과 아상블라주」, 『문화역사지리』 33권 2호 (2021): 69-88; "Rethinking the DMZ as the Commons: The Affective Possibilities of the DMZ," *Inter-Asia Cultural Studies* 22, no. 3 (2021): 336-351; 「철원의 문화적 재현을 통해 본 접경도시의 정동적 지형학」, 『통일인문학』 82호 (2020): 231-276; 「조선산업을 통해 본 산업도시의 정동 정치: 정동적 도시론을 중심으로," 『대한지리학회지』 54권 2호 (2019): 177-198; 「탄광서사를 통해 본 산업 폐허와 기억의 정치」, 『문화역사지리』 30권 3호 (2018): 74-91; 「재난의 상상력과 정동의 미적 정치: 후쿠시마 이후, 환동해 시민사회의 변화에 대한 고찰」, 『인문논총』 75권 2호 (2018): 387-425; 「환경 저항 서사와 정동적 생태학: 4대강 사업을 중심으로」,

5) Steve Pile, "Emotions and affect in recent human geography", *Transactions of the Institute of British Geographers*, 35, no. 1 (2010): 5-20. 파일은 이 논문에서 정동 이론이 스피노자-들뢰즈주의적 존재론을 절대시하며 감정의 영역을 배제하거나 하위 범주로 격하하는 경향을 비판했다. 그는 이러한 태도가 정동의 역동성을 탐구하기보다는, 특정한 이론적 입장을 고수하기 위한 영토 지키기로 변질될 위험이 있음을 경고한다.

6) 알렉사 바이크 폰 모스너는 서사가 과학적 기술(scientific account)과 구별되는 결정적인 지점으로 수용자의 체화된 시뮬레이션을 강조한다. 객관적 정보를 전달하는 과학적 설명과 달리 서사는 수용자(독자나 관객)로 하여금 "미끄러운 얼음 위에서 발을 헛디딜 때의 감각"과 같은 구체적인 느낌을 상상하게 만든다. 이때 관객은 자신의 과거 경험을 모델로 삼고, 자신의 몸을 시뮬레이션을 위한 "공명 상자(sounding boards)"로 활용하여 텍스트 속 감각을 생생하게 재구현한다. Alexa Weik von Mossner, *Affective Ecologies: Empathy, Emotion, and Environmental Narrative* (Ohio State University Press, 2017): 7.

7) 우선, 소설 속의 도시는 언어를 통해 우리 몸에 기입된다. 작가가 배치한 동사와 형용사들은 독자의 뇌 속 운동 피질을 자극하여, 텍스트에 묘사된 움직임과 감각을 문자 그대로 정신적으로 수행하게 만든다. 우리가 소설 속에서 주인이 위험한 상황에 놓이면 우리 뇌는 실제 그와 유사한 신경 패턴을 활성화된다고 한다. 그 감각을 모의 실험하는 것이다. 즉, 문자는 추상적인 기호에 머물지 않고 독자의 신체적 감각을 깨워 가상의 도시 환경을 구체적인 실감으로 전환한다. 반면, 영화 속 도시는 시각과 청각을 통해 더욱 즉각적인 신체 반응을 이끌어낸다. 영화는 배우의 표정과 사운드, 조명을 통해 관객의 지각을 직접적으로 감응시킨다. 특히 우리는 화면 속 인물의 공포나 긴장을 목격할 때, "정동적 모방(affective mimicry)"을 통해 나도 모르게 그 감정을 내 몸 안에서 복제하게 된다. 주인공이 집을 찾아 더 높은 언덕으로 올라가야 할 때, 영화를 보는 우리의 근육도 긴장한다. 우리는 그들이 보는 것을 똑같이 보지 못할지라도, 그들이 느끼는 것을 시뮬레이션하며 미세하게 공명한다. Mossner, *Affective Ecologies* (2017) 참조

8) Anna Gibbs, "Writing as Method: Attunement, Resonance, and Rhythm." In *Affective Methodologies: Developing Cultural Research Strategies for the Study of Affect*, edited by Britta Timm Knudsen and Carsten Stage, (New York: Palgrave Macmillan, 2015): 222-36. 애나 깁스는 정동을 다루기 위해서는 비평의 언어 자체가 정동적 글쓰기(affective writing)로 변해야 한다고 말한다. 픽토

크리티시즘(fictocriticism), 감응적 글쓰기를 하나의 방법론으로 제안한다. "비평은 단순히 대상을 설명하는 것이 아니라, 대상이 품고 있는 에너지를 글쓰기 안에서 수행해야 한다. 픽토-크리티시즘은 비평적 엄밀함과 허구적 상상력을 결합하여, 독자의 신체에 직접적으로 정동을 전달하는 글쓰기다. (중략) 그것은 정동에 대해(about) 쓰는 것이 아니라, 정동과 함께(with) 쓰는 것이다." 픽토크리티시즘에서 비평은 더 이상 대상을 바깥에서 설명하는 작업이 아니다. 비평은 대상이 품고 있는 에너지를 글쓰기 안에서 수행하는 일이다. 이 글쓰기는 두 가지를 결합한다. 하나는 개념적 엄밀함, 다른 하나는 허구적 상상력이다. 이 둘이 만날 때 비평은 독자의 머리만이 아니라 신체에 직접 도달하는 글쓰기가 된다.

9) 자크 데리다(Jacques Derrida)는 『그라마톨로지』에서 쓰기(lécriture)를 단순한 음성 언어의 보조 수단이 아니라, 의미를 가능하게 하는 보다 근원적인 차원, 곧 원문자(archiécriture)의 운동으로 재정의한다. 여기서 쓰기는 특정한 문자 언어에 한정되지 않고, 세계에 새겨지는, 언어를 탄생하게 한 언어 이전의 부재하는 원문자, 흔적과 차이의 작용 전체를 가리킨다. 이 책에서는 이러한 관점을 확장해, 감응 도시의 내풍경을 이루는 정동들을 하나의 쓰기 과정의 일부로 읽고자 한다. 자크 데리다(Jacques Derrida), 『그라마톨로지』, 김응권 옮김 (동문선, 2004) 참조.

10) 1990년대 중반 이후 인문사회과학은 언어와 재현 중심의 분석에서 벗어나 신체와 물질, 기술의 상호작용에 주목하는 흐름으로 이동했다. 이를 선명하게 포착한 저작이 패트리샤 클라프가 엮은 『정동적 전환』이다. 클라프는 정동을 통해 평형 상태의 닫힌 시스템이 아닌, 끊임없이 요동치는 개방 시스템으로서의 사회를 이론화하고자 했다. 자세한 논의는 Patricia T. Clough and Jean Halley (eds.), *The Affective Turn: Theorizing the Social* (Duke University Press, 2007) 참조.

11) 앤더슨은 정동을 신체들 사이(in-between)에서 발생하며 관계를 조직하는 초개인적(transpersonal) 능력이자, 특정한 분위기를 형성하여 사회적 삶을 지속가능하게 하거나 방해하는 집합적 조건으로 작동한다. Anderson, *Encountering Affect* (2014): 9-12.

12) 브라이언 마수미(Brian Massumi), 『정동정치』, 조성훈 옮김 (갈무리, 2018), 173쪽.

13) 위의 책, 182쪽.

1. 얽힘

14) 멜리사 그레그·그레고리 J. 시그워스 편, 『정동 이론: 몸과 문화·윤리·정치의 마주침에서 생겨나는 것들에 대한 연구』, 최성희·김지영·박혜정 옮김 (갈무리, 2015), 14-5쪽.

15) Nigel Thrift, "Intensities of Feeling: Towards a Spatial Politics of Affect," *Geografiska Annaler: Series B, Human Geography* 86, no. 1 (2004): 57-78.

16) Ibid.

17) Nigel Thrift, "Lifeworld Inc. and What to Do about It," *Environment and Planning D: Society and Space* 29, no. 1 (2011): 5-26.

18) Thrift, "Intensities of Feeling" (2004).

19) Thrift, "Lifeworld Inc." (2011).

20) Ben Anderson, *Encountering Affect: Capacities, Apparatuses, Conditions* (Farnham: Ashgate, 2014): 18.

21) "도시는 단순한 물질적 제품이 아니라 예술적 결과물에 가까운 작품이다. 만약 도시의 생산과 도시 안에서 사회적 관계의 생산이 있다면, 그것은 사물의 생산이라기보다 인간에 의한, 인간의 생산과 재생산이다. 도시는 역사의 작품이고, 다시 말해 역사적 조건에서 그것을 실현한 과단성 있는 인간과 집단의 작품이다." 앙리 르페브르, 『도시에 대한 권리』, 곽나연 옮김 (이숲, 2024), 108쪽.

22) 앙리 르페브르, 『리듬분석: 공간, 시간, 도시의 일상생활』, 정기헌 옮김 (갈무리, 2013), 85쪽.

2. 물듦

23) 르페브르, 『리듬분석』(2013), 109쪽.

24) 위의 책, 113-4쪽.

25) 위의 책, 116쪽.

26) 르페브르, 『도시혁명』(2011), 제1장 「도시에서 도시사회로」.

27) 위의 책, 같은 장.

28) 앤디 메리필드(Andy Merrifield), 『마주침의 정치』, 김병화 옮김 (이후, 2015), 291쪽.

29) 위의 책, 292쪽.

30) "도시적 실천은 (중략) 결과적으로 이론을 초과한다. 도시적 실천 속에서 우리는 무엇보다 사람들이 팔고 사기 위한 목적으로 기호와 의미화를 생산한다는 것을 깨닫게 된다(부동산 광고의 수사학을 보라!) 다른 한편으로 도시와 도시적 현상에 분명히 (특유한) 기호 체계나 의미화 체계가 존재하지만, 그 밖에도 여러 수준에서 갖가지 체계들이 존재한다는 것을 알게 된다. 가령 일상생활을 영위하는 양식의 수준이 있으며(사물과 생산물 교환과 사용 기호, 상품과 시장에 진열되는 기호, 거주함과 거주지의 기호 및 의미화), 도시사회 전체의 수준(권력과 역량의 기호학, 전체적인 혹은 파편적인 문화의 기호) 그리고 특정한 도시적 시공간의 수준이 있다(한 도시가 지닌 고유한 특성들, 그 도시의 풍경과 얼굴, 그곳 거주자들에 대한 기호학). 만약 도시적 공간에서 사물과 행위에 오직 하나의 기호 체계만 부착되어 있다면, 그 체계는 지배적인 것이 되고 사람들은 거기에서 벗어날 수 없게 된다."(르페브르, 『도시혁명』(2024), 제3장 「도시적 현상」)

31) 풍경(scape)이라는 단어에서 정적인 이미지를 떠올릴 수도 있다. 여기서 말하는 내풍경은 고정된 땅의 형태인 경관(land-scape)보다는 끊임없이 흐르고 뒤섞이는 바다의 풍경(sea-scape)에 더 가깝다.

32) Sara Ahmed, "Affective Economies," *Social Text* 22, no. 2 (2004): 117-139.

33) 신진숙, 「조선산업을 통해 본 산업도시의 정동 정치: 정동적 도시론을 중심으로」 (2019).

34) Ahmed, "Affective Economies" (2004): 117-139.

35) 사라 아메드는 마르크스의 가치론을 재해석하여 정동적 가치의 형성을 설명한다. 그녀에 따르면 행복과 같은 정동은 대상이 본래 지닌 속성인 사용가치에 머물지 않고, 사회적 순환과 반복적인 접촉을 통해 대상에 달라붙음(stick)으로써 획득되는 교환가치적 성격을 띤다. 즉, 정동적 가치는 대상 자체의 유용성이 아니라, 그 대상에 누적된 정동의 역사와 약속이 만들어낸 잉여다. Ahmed, "Affective Economies"(2004); 사라 아메드(Sara Ahmed), 『행복의 약속』, 성정혜·이경란 옮김 (후마니타스, 2021) 참조.

36) Ahmed, "Affective Economies" (2004): 117–139.

37) Ibid.

38) Ben Anderson and Adam Holden, "Affective Urbanism and the Event of Hope," *Space and Culture* 11, no. 2 (2008): 142–59.

39) 앤더슨과 홀든은 정동적 도시론(affective urbanism)이라는 관점에서, 도시에서 정동이 조직되는 과정은 네 가지 층위에서 일어나는 지속적인 변환으로 설명한다. (1) 광범위한 관계와 강도들이 모여드는 배치(assemblage) 단계, (2) 그 강도가 구체적인 감정과 주체(두려워하는 시민 등)로 형성되는 개체화 단계, (3) 정동이 순환하며 불안, 소비, 혐오 등 다른 형식으로 변신하는 메타모포시스(metamorphosis) 단계, 그리고 그 결과로 (4) 도시 공간 위에 불균등하고 완고한 감정의 지도가 그려지는 분배 단계 (Anderson and Holden, "Affective Urbanism and the Event of Hope"(2008): 142–59).

40) 브라이언 마수미, 『존재권력: 전쟁, 권력, 그리고 지각의 상태』, 최성희·김지영 옮김 (갈무리, 2021), 292쪽.

3. 넘침

41) 앤더슨에 따르면 신자유주의 체제 하의 불안정성(precarity)은 특정한 사회경제적 위치를 넘어선 보편적인 정동적 조건(affective condition)이 된다. 그는 이러한 불안정성이 개인의 신체에 작용하여 미래에 대한 희망을 조율하거나 불안을 증폭시키는 방식으로, 현재의 삶을 통제하고 주체가 끊임없이 적응하게 만드는 권력 기제로 기능함을 지적한다. (Anderson, *Encountering Affect*: 140–145)

42) Ben Anderson, "Neoliberal affects", *Progress in Human Geography*, 40, no. 6 (2016): 734–53. 앤더슨은 이 논문에서 신자유주의를 정책이나 이데올로기로만 보는 기존 관점을 넘어, 집단적인 분위기와 감정 구조를 통해 형성되고 유지되는 정동적 조건으로 분석했다. 그는 특히 신자유주의가 위기를 예외적인 것이 아니라 일상적인 것으로 감각하게 만듦으로써 주체를 통제한다고 지적한다.

43) 한국 사회에서 아파트라는 도시 공간은 신자유주의적 생존 위협 속에서, 브랜드 아파트를 통해 자산 가치 증식과 심리적 안전을 동시에 획득하려는 부동산−안락−불안정의 아상블라주를 드러낸다. 특히 강남이라는 공간에 투사된 사회적 시선은, 계층 하락에 대한 중산층의 공포가 학원가라는 물리적 환경과 결합해 사교육 경쟁을 끊임없이 재생산하는, 교육과 불안의 아상블라주로 읽힌다. 반면 주공아파트 단지의 재건축 과정에서 드러난 아파트 키즈의 독특한 정서는, 기성의 아파트 감각과는 다른 차원에서 장소애(愛)를 바탕으로 새로운 감응을 만들어내기도 한다. 저자는 이를 정동적 아상블라주라 개념화했다. 신진숙. 「도시 글쓰기를 통해 본 강남의 정동(情動)적 경관과 아상블라주」(2021) 참조.

44) 레이먼드 윌리엄스(Raymond Williams), 『기나긴 혁명』, 성은애 옮김 (문학동네, 2021), 전자책, 제1장 「창조적 정신」

45) 위의 책, 같은 장.

46) 도시는 감정 구조들이 가장 치열하게 맞부딪히는 장소다. 윌리엄스가 말한 것처럼, 지배적인 것(dominant), 이미 지나갔지만 여전히 남아 있는 잔여적인 것(residual), 그리고 이제 막 떠오르고 있는 부상하는 것(emergent)이 도시 공간 안에서 끊임없이 뒤섞인다. 지배적인 감정 구조 바깥으로 흘러넘친 정동들이 있다. 주류를 형성한 문화 패턴 사이를 스며 흐르며, 끊임없이 새로운 감정 구조를 빚어내는 힘들이 있다. 여기서 정동과 감정 구조의 관계는 미묘하지만 결정적이다. 정동이 아직 이름 붙지 않은 날것의 에너지라면, 그것들이 사람·사물·환경을 물들이며 강렬해지는 과정 속에서 점차 특정한 감정 구조가 형성된다. 이때의 에너지는 사회적 공기 속에서 희미하게 모습을 드러내다가, 어느 순간 새로운 감정 규범으로 자리를 잡을 수도 있다. 그런 의미에서 부상하는 감정 구조는 그 자체로 하나의 살아 있는 정동적 삶, 곧 내풍경을 품고 있다. 아직 지배적인 언어나 제도에 포획되지 않은 막연한 예감과 설명하기 어려운 느낌들이 서서히 자기만의 언어를 얻으면서, 시대 감정을 새롭게 구성해 나간다.

47) 김태원, "바쁜 일상 속 90분 멍하니…한강 멍때리기 대회 가보니," SBS 뉴스, 2025.05.11. 멍때리기 대회는 현대인의 뇌를 쉬게 하자는 취지로 2014년 시작된 이 대회는, 바쁜 일상에서 벗어나 아무것도 하지 않는 것의 가치를 역설하는 대표적인 행

사로 자리 잡았다.https://news.sbs.co.kr/news/endPage.do?news_id=N1008
096122&plink=ORI&cooper=NAVER&plink=COPYPASTE&cooper=SBSNE
WSEND. (2025년 12월 9일 검색)

48) "불안해 퇴근해도 바쁘다…갓생 넘어 MZ들 생존법," SBS 뉴스, 2025.10.27.신
(God)과 인생(生)을 합친 말로, 하루하루 계획적으로 치열하게 살며 소소한 성취감을
느끼는 청년들의 라이프스타일을 뜻한다. 아무것도 하지 않는 것과는 정반대의 트렌드
처럼 보이지만, 불안을 잠재우기 위한 노력이라는 점에서는 같은 맥락으로 해석되기도
한다.
https://news.sbs.co.kr/news/endPage.do?news_id=N1008306325&plink=
ORI&cooper=NAVER&plink=COPYPASTE&cooper=SBSNEWSEND(2025년
12월 9일 검색)

49) Ben Anderson, "Affective Atmospheres," Emotion, Space and Society
2, no. 2 (2009): 77-81. 앤더슨은 분위기의 공간적 형식을 설명하기 위해 감싸기
(envelopment)라는 개념을 제시한다. 그에 따르면 분위기는 주체와 대상 사이의 이
분법적 경계에 머무는 것이 아니라, 공간을 채우고 신체를 에워싸는 힘으로 작용한다.
분위기는 마치 안개처럼 특정한 장소에 머물며 그 안에 있는 존재들을 포위함으로써,
개별적인 신체들을 집단적인 감응의 상태로 동기화시킨다.

50) 대기 혹은 분위기(atmosphere)의 어원을 파고들면 도시를 감각하는 새로
운 단서를 얻을 수 있다. atmos는 수증기처럼 퍼져나가 공간을 빈틈없이 채우는 성
질을, sphere는 그 기운이 둥글게 우리를 감싸안는 공간의 조직 방식을 의미한다.
(Anderson, *Encountering Affect* (2014): 146.

51) Ibid., 148.

52) 한강, 『검은 사슴』 (문학동네, 2017), 307쪽.

53) 브뤼노 라투르는 저서 『젊은 과학의 전선(Science in Action)』에서, 이미 굳어진
결과물인 기성 과학(늙은 과학)이 아니라, 논쟁이 벌어지고 있는 치열한 젊은 과학의
전선에 주목해야 한다고 역설한다. 라투르에 따르면 이 전선에서 사실을 구축하고 승
리하기 위해서는 인간 동료뿐만 아니라 비인간 동맹군을 반드시 끌어들여야 한다. 가
령 파스퇴르가 실험실에서 탄저균을 분리해낼 때, 그는 혼자가 아니었다. 그는 눈에 보
이지 않는 미생물을 가시적인 행위자(actant)로 변환시켜 자신의 가장 강력한 동맹으
로 삼았다. 실험실이라는 공간은 파스퇴르(인간)와 미생물(비인간)이 서로의 이해관계
를 조율하고 결합하여 새로운 사회를 구성한 장소였다. 이처럼 사회는 인간들만의 계

약이 아니다. 인간과 비인간이 서로의 힘을 빌려 결합한 이질적인 연결망(network)이
다. 라투르는 이러한 관점에서 사회를 인간과 비인간의 집합체로 재구성한다. (브뤼노
라투르, 『젊은 과학의 전선』, 황희숙 옮김(아카넷, 2024) 참조.

54) Tim Edensor, "The Ghosts of Industrial Ruins: Ordering and Disordering
Memory in Excessive Space," *Environment and Planning D: Society and
Space* 23, no. 6 (2005): 829-49. 에덴서는 이 논문에서 산업 폐허를 사물과 식물,
폐기물이 뒤섞인 초과 공간으로 정의하며, 이것이 어떻게 공식적인 기억의 질서를 해
체하고(disordering) 감각적인 분위기를 생성하는지 분석한다.

55) 신진숙, 「탄광서사를 통해 본 산업 폐허와 기억의 정치」(2018).

56) 아메드, 『행복의 약속』(2021), 제1장 「행복의 대상」.

57) 위의 책, 같은 장.

58) 마수미, 『정동 정치』(2018), 174-5쪽.

4. 마주침을 상실한 도시의 미래 ─《기생충》

59) 메리필드, 『마주침의 정치』(2015), 308쪽.

60) 봉준호 감독이 인물들의 이름을 모두 K 이니셜로 설정한 것이 카프카의 『성』의 K
를 직접적으로 염두에 둔 것인지는 확인하기 어렵다. 체제의 안쪽에 진입하지 못한 채
문턱에 머무는 존재라는 점에서 두 K 사이에는 닮음이 있다. 이 책에서의 비교는 이러
한 닮음을 전제한다.

61) 앤디 메리필드는 보들레르의 시에 등장했던 이 눈의 가족이 21세기에 이르러 행
성 차원으로 확장됨을 통찰한다. 19세기 파리의 화려한 카페 유리창 너머에서 부르주
아를 응시하던 가난한 가족의 눈은, 이제 전 지구적인 현상이 됐다. 그것은 미디어의
눈이다. "모든 것을 보며, 인터넷과 위키리크스를 통해 흔히 모든 것을 알기도 한다. 이
제 사람들은 이 행성 전역의 정보와 소통의 대로를 따라 전 지구적 엘리트를 볼 수 있
다. 포스트모던식 전 지구적-도시적 생활의 유리창 너머로 그들을 본다.(중략) 이제 전
지구적인 눈의 가족으로, 신흥 시민으로, 박탈당한 것을 되찾기를 갈망하는 유연 집
단으로, 진정으로 그 자신과 마주친다고도 말할 수 있다."(메리필드, 『마주침의 정치』

(2015), 145쪽.

62) "정치는 시간을 갖지 못한 사람들이 공동 공간의 거주자로 자리 잡기에 필요한 시간을 가질 때, 자신들의 입이 고통을 표시하는 목소리뿐만 아니라 공동의 것을 발화하는 말을 내보낸다는 것을 증명하기 위해 필요한 시간을 가질 때 발생한다. 자리와 신분의 이러한 배분과 재배분은, 공간과 시간의, 보이는 것과 보이지 않는 것의, 소리와 말의 이러한 절단과 재절단은 내가 감성의 분할이라고 부르는 것을 구성한다, 정치는 공동체의 공동의 것을 규정하는 감성의 분할을 재구성하는 일을 하며, 새로운 주체와 대상들을 공동체에 끌어들이고 보이지 않던 것을 보이게 만들고 시끄러운 동물들로만 지각됐던 사람들의 말을 들리게 하는 일을 한다. 대립을 창조하는 이러한 작업은 정치의 미학을 구성한다." 자크 랑시에르(Jacques Rancière), 『미학 안의 불편함』, 주형일 옮김 (인간사랑, 2008), 55쪽.

63) (산문 형식으로 재구성) 〈# 112 합동 체육관 합동대피소 새벽〉(봉준호, 『기생충: 각본』(플레인아카이브, 2019), 114쪽.

64) 위의 책, 123-4쪽.

65) 위의 책, 131쪽.

66) 양극화한 극적 공간들이 계단 위에 배치된다. 중간 계층의 삶은 보이지 않는다. 이에 (지상)으로 표현했다.

67) 위의 책, 48쪽.

5. 발전 도시의 생존자들 —《콘크리트 유토피아》

68) 발레리 줄레조, 『아파트 공화국』, 길혜연 옮김 (후마니타스, 2007); 박해천, 『콘크리트 유토피아』(자음과모음, 2011);박해천, 『아파트 게임』(휴머니스트, 2013) 참조 한국 사회에서 투기적 도시화와 강남 개발 모델의 확산 과정에 대한 논의는 다음을 참조. 박배균·황진태 편, 『강남 만들기, 강남 따라하기: 투기 지향 도시민과 투기성 도시 개발의 탄생』(동녘, 2017).

69) 〈#29 아파트 정비 몽타주〉 (이신지·엄태화, 『콘크리트 유토피아: 아카이브 북』(플레인아카이브, 2023), 72-8쪽).

70) 지그문트 바우만(Zygmunt Bauman), 『유동하는 공포』, 함규진 옮김, (산책자, 2009), 41-2쪽.

71) 위의 책, 13-4쪽.

72) 〈#70 색출 몽타주〉(이신지·엄태화, 『콘크리트 유토피아』 (2023), 119쪽).
73) 이신지·엄태화, 『콘크리트 유토피아』 (2023), 153쪽.

74) 위의 책, 같은 곳.

75) "사람은 누군가를 있는 그대로 완전히 받아들이고 그가 무엇을 하든 간에 항상 기꺼이 용서하는 까닭에 사랑만이 용서의 힘을 가진다면-기독교가 주장하듯이- 용서는 우리가 고려할 수 없는 것이 된다. 그러나 매우 좁은 영역에서 사랑이 관계한다면 인간사의 넓은 영역에서 존경이 관계한다. 아리스토텔레스의 정치적 우애(philia politike)와 비슷하게 존경은 일종의 우정이며 친밀성과 밀접성을 갖지 않는다. 존경은 세계의 공간 사이에 설정한 거리로부터 누군가를 존중하는 것이다. 이 존경은 우리가 감탄하는 자질이나 매우 높게 평가하는 업적과는 무관하다. 그래서 근대에서 존경의 상실 또한 우리가 감탄하거나 우러러보는 곳에만 존경할 의무가 있다는 확신은 공적인 삶과 사회적인 삶의 탈인격화를 가속화하는 분명한 징후이다." (한나 아렌트(Hannah Arendt), 『인간의 조건』, 이진우 옮김 (파주: 한길사, 2019), 307-8쪽)

6. 부동산 가족의 도시 이야기 —《버블 패밀리》

76) 영화에 실렸고 나중에 출판된 자전 에세이 마민지, 『나의 평범한 부동산 가족』 (클, 2023), 전자책, 「집장사 한번 안 해볼래?」.

77) 위의 책, 「투자의 맛: 순식간에 9배로 늘어난 자산」.

78) 위의 책. 같은 장.

79) 위의 책, 같은 장.

80) 위의 책, 「프롤로그: 우리 집이 망했다」.

81) 위의 책, 「가난의 경험, 가난의 증명」.

82) 위의 책, 「로또보다 어렵다는 임대주택 당첨기」.

7. 집의 기억을 기록하다 ―《집의 시간들》

83) 본문에 인용된 인터뷰 내용은 영화의 자막 대신, 특별히 뉘앙스를 살려야 할 필요성이 있을 때를 제외하고는 구술된 내용을 정제된 문장으로 기록한 단행본《집의 시간들》의 표기를 따랐다.

84) 이인규·라야, 『안녕, 둔촌주공아파트 4: 가정방문』(2016), 336쪽.

85) 위의 책, 426-30쪽.

86) 토포필리아는 그리스어 topos(장소)와 philia(사랑)의 합성어로, 투안이 인간과 환경(장소) 사이에 맺어지는 정서적 유대를 가리키기 위해 제시한 개념이다. 우리가 물리적 환경을 단순한 생존의 터전이 아니라, 감각과 기억, 이야기가 결합된 애착의 대상으로 경험한다는 의미다. 이-푸 투안(Yi-Fu Tuan), 『토포필리아: 환경 지각 태도 가치의 연구』, 이옥진 옮김 (에코리브르, 2011) 참조.

87) "집은 천문학적으로 결정된 공간 시스템의 중심에 위치합니다. 천상과 지하세계를 잇는 수직축이 집을 관통하고요. 또 별들은 사람의 거주지를 중심으로 빙 돌면서 움직이는 것처럼 보입니다. 이렇게 하여 집은 우주 구조의 중심점이 됩니다. 이러한 장소 개념에서는 당연히 집에 최상의 가치를 부여하기 때문에 집을 포기한다는 것은 상상조차 하기 어려운 일입니다. 혹시 파괴가 이루어져야 한다면 당연히 다음과 같은 결론을 내리겠지요. 자신들의 정착지가 폐허가 되는 것은 그들의 우주가 폐허가 됨을 뜻하므로 사람들은 완전히 기가 꺾일 것이라고요." (이-푸 투안, 『공간과 장소』, 윤용호·김미선 옮김 (사이, 2020), 전자책, 제4장 「깊숙하면서도 고요한 애착의 장소, 고향」)

88) 이-푸 투안에 따르면, 끊임없이 변화하는 시간의 흐름 속에서 우리가 멈추어 서는 지점들, 예컨대 책상이나 싱크대와 같은 일상의 사물들이 모여 하나의 장소를 이룬다. "장소의 의미가 체계적으로 조직된 세계입니다. 이는 근본적으로 고정된 개념입니다. 만약 우리가 세상을 지속적으로 변해가는 하나의 과정으로 본다면 우리는 어떠한 장소감도 발전시킬 수 없을 것입니다.""대다수의 움직임들이 근거지와 목표지점이라는 대척점 주변에서 이뤄지는 것만은 아닙니다. (중략) 집에 있는 책상, 안락의자, 싱크대, 현관의 그네 같은 집 안의 가구들은 일상적인 복잡한 이동 경로에 놓여 있는 하나의 지

점들입니다. 이러한 지점들이 장소, 세계를 조직하는 데에 중심이 됩니다. 일상적으로 이용함에 따라 그 경로는 심도 있는 의미와 안정감이라는 장소의 특성을 얻습니다. 경로와 정지가 장소와 함께 하면서 더 큰 장소를 구성할 때 그것이 바로 〈집〉입니다." 중요한 것은 거주함의 시간이다. (투안, 『공간과 장소』(2020), 제13장 「시간의 흐름이 장소를 낳는다」)

89) 마을에숨어의 수집활동. "둔촌주공아파트의 재건축 결정 이후 주민이었던 이인규는 둔촌주공아파트를 기억하기 위해 마을에숨어란 조직을 만들고 〈안녕, 둔촌주공아파트〉 프로젝트를 시작한다. 단지 내 근린상가에서 커뮤니티 공간과 SNS을 운영하며 독립출판 및 다양한 커뮤니티 모임 활동을 진행한다. 안녕, 둔촌주공아파트은 마을에숨어와 AlleysMap이 함께 했던 프로젝트로 단지 내 다양한 길의 동영상을 볼 수 있다. (출처: 서울기록원. https://archives.seoul.go.kr/research-guide/440)

90) 에드워드 렐프는 현대 도시를 장소 상실 혹은 무장소(placelessness)의 지리로 해독한다. 장소 상실이란 공간의 고유한 맥락과 정체성이 사라지고, 어디를 가나 똑같은 획일적 표준화가 그 자리를 차지하는 현상이다. 렐프는 대중매체와 기술 관료주의, 그리고 거대 자본의 결합이 어떻게 장소를 인간적 삶의 터전에서 단순한 상품으로 전락시키는지를 지적한다. 즉, 현대 도시는 장소의 다채로움이 판에 박힌 듯한 획일화로 대체되고, 공간에 대한 진정한 장소감마저 사라진 무장소의 세계가 되었다는 것이다. (에드워드 렐프(Edward Relph), 『장소와 장소상실』, 김덕현·김현주·심승희 옮김 (논형, 2005), 177-240쪽 참조.

91) 반제연·여고은·이동렬·이민형, 「SPACE 학생기자: 고양이들의 아파트를 읽는 네 가지 시선」, 『SPACE』, 2022년 8월 4일, https://vmspace.com/report/report_view.html?base_seq=MjE3Nw== (2025년 11월 25일 검색). 이러한 운동에 관해 "고양이를 통해 도시와 그곳에 살아가는 약자들의 이야기를 대변"하는 것이라는 평가한다.